ひとっこ
ひとり
東直子
双葉社

ひとっこひとり

目次

装画・挿画　三好 愛
装丁　albireo

大丈夫

「め、め……」

「何？　どうしたの？　おめめが痛いの？」

「め、おちてるよ」

「ええ!?　やあだ、おめめなんて落ちてないよ。あれはね、ボールだよ。スーパーボールっていうの」

＊

雲がどんよりと重い。雨が降るのだろうか。

永子（えいこ）は空を見上げている。

思い返せば恵まれた時代だったと思う、自分の生きてきた時代は。辛いと思うことが全然なかった、というわけでもないけど、とりあえず直接戦争に巻きこまれたりすることもなかったし、明日殺されるかもしれない恐怖、とか、食べ物がなくて飢え死にしそうになって苦しむ、なんてことは経験せずにすんだ。だから、いい時代だった。だった、とか過去形で思うこともないんだけど、まあ、そうだった。

永子は細い雑草を人さし指と親指でつまんで、土から抜いた。土にからんだ細い根が、ぶちぶちと切れるのがわかる。

駅と自宅の間にある広い公園に来ていた。公園の中にある階段を上りつめると、街の景色を一望できる場所がある。そこに座り、広い空を見上げていた。この街に越してきたときから、永子のお気に入りの場所だった。かつては夕方になると近所の子どもたちが集まり、にぎやかだった。子どもたちが笑ったり、軽く喧嘩したりする声を聞きながら、景色をぼんやりと眺めたものだった。そんな子どももめっきり少なくなり、今、公園には永子しかおらず、ひとりきりだった。

雨、降るのかな。だるいな。買い物しなきゃ。そろそろ洗濯物も取り込んで。早くしないと湿ってしまう。でも、今朝干した、あのグレーのパーカーのフードは、まだ半乾きなんだろうな。あのフードって、がんこに乾かないから、滅多に洗いたくないのに、よく洗濯物の中にある。なんだってみんな、何かに役に立つってわけでもないあんなものが、好きなんだろう。重いだけだし、迷惑なだけだし。まあ、あれ着てると、誰でもちょっとかわいく見えるのは、確かなんだけど。子どもなら純粋にかわいく、おじさんは痛々しくかわいい。かわいく見せたいと思っているのか、夫も。小柄な夫の案外広い肩を思い出す。

永子は首を傾けて空を斜めに見上げた。空が青黒い。自分の顔は、たぶん生気がないだろうと思う。少し眠い。いや、かなり眠い。でも、立ち上がらなくちゃ、とつぶやく。立ち上がって、買い物に行って、今日のおかずの材料を買って、洗剤とかも買って、両手にいろんなもの提げて、息も切れて、でも、家に帰ったらすぐに冷蔵庫に買ってきたあれやこれやをしまって、それからベランダへ出て、洗濯物を入れて。パーカーはやっぱり湿っているので部屋に吊るして、乾いた洗濯物の入った籠を抱えて、ちょっとごめんね、と床に寝そべっているあの人たちを越えて。

あの人たちは寝そべったまま、ああ、とか、うう、とか言うだろう。自分は、あの人たちの、母という名の、妻という立場の、永遠の裏方。下働き。永子は下唇を噛みしめた。

昨日と変わらない今日。なんのためにこういうことをしてきたのだろう。し続けてきたのだろう。なんのために。永子は、もう一本草を引き抜こうとして、直前でやめた。

なんのため、なんてことを考え出したらいけない、と思う。そう思いながらも、やはり考えずにはいられなかった。今日の自分は、正確には、診断結果を聞いたあとの自分は、それまでの私とは、ちがう。

家族のことを、あの人たち、と永子は思う。あの人たちは、「わが家」の床に寝そべっている。安心して寝そべっているのだ。他の場所では、絶対にあんなふうではない、はず。あんなふうでは、社会でも学校でもやっていけない。あそこでだけ見せる、かぎりなく油断した姿。巣だもんね、家って。そうそう、巣に帰らなくっちゃ。もう陽が傾いている。そのうち陽が落ちる。暗くなる。こんなふうに私も、だんだん見えなくなってくる……。

胸が冷たくなってきて苦しくなり、ゆっくりと立ち上がった。足もとがぐらぐらする。怖い。目の下に、光っている窓が見える。

夕陽が落ちた夜の世界には、あかりが灯る。人工の光が、世界に贋物（にせもの）の昼間をくれる。でも、と、永子は自分の未来の時間を思う。私の暗闇にはあかりは灯らない。一度見えなくなったら、ずっと見えない。目を開けても、閉じても。記憶の中でしかあかりは灯らない。

永子は冷たくなった胸をあたためるように、胸の中心にてのひらを当て、上から軽く押さえた。

そんな日は、来るかもしれないし、来ないかもしれない。それは、誰にとっても起こりうることだ。自分はその可能性が人より高いということを知らされただけ、ともいえる。しかし、可能性ゼロだった意識から、ゼロでなくなったという意識の変化は、大きい。とても大きい。

永子は階段を降りはじめた。一瞬踏み外しそうになって、さらに胸が冷たくなった。

洗濯物を取り込んでいると、どうだった、病院、と夫が思い出したように話しかけてきた。心なしかやさしい。うん、まあ、とあいまいに答えると、どうってことなかったんだろ、という表情を浮かべて、今日の晩飯何？　と訊いた。鯖の塩焼き、と答えると、魚かあ、と低い声がした。床で寝そべっている長男の声である。今、小学六年生。鯖を夕食に決めたときから想像したとおりの言葉。低い鼻が動物めいて見える。おにくがいいー、と小学四年生の長女がおもちゃのラッパのような声を出した。兄の頭の横で、Ｔの字を作るように床に寝そべり、長くのばした髪が床に広がっている。

——見えなくなるかもしれないって。

大きな声でそう言いたくなった。でも言わなかった。もうちょっとちゃんとした感じで、せめてみんな椅子に座っている状態で、落ち着いて話したい。今は話したくない。永子は鼻から短い息を吐き出した。

「洗濯物、ここにまとめて置いとくから、自分のたたんで持っていってよね」

洗濯物を入れた籐籠を永子がリビングの床にどんと置くと、ふぁーい、と長男があくびのような返事をした。夫は、籠にすぐに近寄り、両手で籠を抱えてひっくり返した。

「おい、手伝えよ、ほら」

長女の肩をゆすった。長女は半分眠りかけている。長男はもう起き上がっている。長男は、夫の言うことは昔からよく聞く。家の中ではいつも油断しきっているとはいえ、父という存在に一応の怖れはあるのか。

長男は、おれのパーンツとつぶやきながら、トランクスをいったん広げて、さっとたたんだ。

目が見えなくなっても、洗濯物を取り込むことくらいはできるだろう。目を閉じて考える。自分が取り込んで、夫が籠をひっくり返して、それぞれが衣服に手をのばして取り、たたんで持っていく。あとに残されるのは、共通の使用物であるところのタオル、布巾の類い。それらをたたむことは、暗い世界でもできるだろう。洗濯に関するこの一連の流れは、変えずにすむ。何枚かのタオルをたたみそこねて、そのことに気づかないまま私が立ち上がったとしても、大した問題は起きない。この床の上の平和は保たれる。タオルを置きっぱなしにしたとしても、私は糾弾されない。誰か、見える人が気づいて黙ってタオルを拾い上げてくれるにちがいない。万事、事もなし。

ことなし、と永子は胸の中でひらがなにして繰り返しながら、大根の皮を剝く。うまく剝けない。指先がふるえてくる。包丁が重い。包丁とはこんなに使いにくいものだったかと思い、今、まったく間違った使い方をしているのではないか、と不安になってくる。大根から包丁を離し、手を止めた、はずなのに手が勝手にふるえて動いてしまう。ふるえを自分の意思で止めることができない。止めようとすればするほど、ふるえる。

「どうした?」

顔を上げると、夫と目が合う。見てないようで、見ていたのだ。

「あ、えっと、別に」

「疲れたの?」

「え、うん、あ、どうかな。そうでもないよ」

「かわろうか」

「いや、いいよ。座ってて」

夫が目を見開く。いつもなら、あ、それならかわってくれる？　と気軽に手放すところだから、驚いたのだろう。

「やっぱり、なんかあった？」

驚いた目のまま夫は言う。

「ううん……。あとで」

目を伏せたまま言い、大根の皮剝きを続けた。たとえ少しでも声を出して話をしたら落ち着いたのか、指のふるえが止まった。視界の隅で夫がそばを離れたのがわかった。

このまま、今日医者から聞いたことを家族に話さなければ、すべてなかったことになりはしないだろうか。そうなればいいのに、と望まずにはいられない。

なかったことになる。なかったことになればいい。ただ強く望む。病院に行く前の今朝の自分と、今の自分とでは、なんの変化もない。苦痛もなく、大きな不具合もない。なんとなく目が疲れやすかっただけだ。夫に勧められなければ、病院にも行かなかった。知らないままの日々がもっと長ければよかった。早く知る方がいいということはよくわかっているはずなのに、病院へ行ったことを、決定が一つ下されたことを、後悔する気持ちが浮かんできた。後悔などしてはいけないという気持ちと同時に。

永子が、失明の可能性があると医者から言われたことを夫に告げたのは、その日の深夜零時をまわった頃だった。子どもたちはそれぞれの部屋に引き上げ、リビングのソファーに夫が一人で座っている。点けっぱなしのテレビから、ニュースが絶え間なく流れている。半分まぶたが閉じかかっている顔に、テレビの光を浴びている。その隣にそっと座った。

やっぱりそうなのか、と夫は言った。何も言わないってことは、何かあるってことだと思っていた、と。

「でも、そっちが言い出すまでは、しつこく聞けないだろ」

夫の低い声を聞きながら、永子は黙った。夫は手をのばして永子の手をとると、もう片方の手をかぶせた。

「大丈夫だ、オレがずっとそばにいるから、心配しなくてもいい。大丈夫」

永子は、穏やかな口調のその言葉を半分うれしく、半分空々しさを感じながら受け止めた。胸がもやもやとしてきた。

大丈夫だなんて、そんなに軽々しく言わないでほしい。なんの確証もないのに。なんにもわかってないくせに。でも。でも、言ってほしい。確証がなくてもなんでも、大丈夫、と言ってもらえれば、やはり救われる気がする。

握ってきた夫の手をやわらかく握りかえしながら、永子は揺れていた。混乱していた。

「だいじょうぶ、なの？」

夫は大きな声でしっかりと答えた。握る手に力が入る。痛いほどだ。そうね、と答えながら永子は胸が熱くなり、込み上げてくるものがあった。胸にたまっていたものを吐き出すように、するすると涙がこぼれてきた。

「大丈夫だよ」

言いたかったことが言えた。言いたかったことを受け止めてもらえた。ただそのことだけで、出口を失ってぱんぱんに膨らんでいた感情の袋が、ぷつりと破れた。永子の流す涙は、そこから放出される水だった。目は、膨張した感情を解放させるための放出口だった。

夫が腕をのばし、永子のふるえる肩を抱いた。

「泣くなよ」

肩に添えられたてのひらはあたたかく、やさしい気持ちがそこから浸透してくるようだった。夫にとって、今の自分は、泣いている、かわいそうな、か弱い妻。羽の折れた小鳥。雨の路地に捨てられた子猫。道にうち捨てられたビニール傘。そんなイメージなのかもしれない。

それは違う、と涙をこぼしながら永子は思う。これはただの放出。気持ちの排泄行為。おしっこと同じ。たまっていたものを、元気に外に出しているだけ。だから、泣くな、なんて禁止してはいけないのだ。なのに夫は、やさしくしているつもりになっている。これは、的外れのやさしさ。的外れなやさしさは、気が楽。そう、いつもこの人は、どこかしら自分に対して的外れだった。そのことは、ずっと前から気づいてはいた。が、気づかないふりをしていた。でも、今、確信に変わった。この人は、的外れ。

的から外れても、前に向かって矢を飛ばすことが大事だと、弓道をやっていた人が言っていた。そうだ、前に飛ばすことが大事。自分に対して、矢を前に飛ばしてくれたことは、純粋にうれしい。そう、うれしい。この人のしてくれること、話すこと、一周回ってうれしい。

永子はしみじみと思い、首を傾けて夫の肩に身体をそっともたせかけた。

子どもたちには、夫が伝えてくれた。いつ伝えたのかを教えてもらったわけではないが、子どもたちが急に神妙な顔で自分をじっと見つめるので、伝えられたのだ、ということが、すぐにわかった。

長女は腕をまわしてきて、うつむいたまま、お母さんかわいそう、と言った。

「お母さんって、かわいそう？」

長女の言葉を復唱したあと、そう？　かわいそうだと思う？　と重ねた。だまって頷いた長女の頭をなでてから、傍らにしゃがみ、瞳をのぞきこんだ。

「そんなことないよ。お母さんしあわせよ。みんなが、そばにいてくれるだけで。いっしょにここにいるだけで、すっごく、しあわせ」

それは本当の気持ちだった。永子は長女を抱きしめた。このやわらかさ、あたたかさ、少し酸っぱいような甘い匂い。この感触の生き物がそばにいれば、ずっと幸福な気持ちでいられるだろう。

両肩に何かが触れた。長男の手だ。夫のものではない。夫の手はもっとごわごわしている。家族のてのひらがどんなふうか、見なくてもわかる。見なくてもわかる、ということに気づかせてくれるために、医者はあんなことを自分に伝えたのだ、そうだそうだ。

無理やりな解釈だと頭の隅で思いつつも、きっとそうなのだ、そうにちがいない、と永子は考えを塗り替えていく。

大丈夫だよ。

夫が、確証もなく自分に言った言葉が、確かなものとしてよみがえる。

＊

母親が指さす先には、半透明のスーパーボールが一つ落ちている。小さな女の子は首を横にふったが、母親はとりあわず、さあ急ぎましょうね、と言って女の子を抱き上げた。抱き上げられた女の子は、母親の肩に自分の顎をあずけて、かすかに口を開いた。

「め」

その視線の先には「め」というひらがなの文字が刺繍されている小さなお守りが落ちている。スーパーボールに寄り添うように。

*

水色の空に、うっすらと雲がかかっている。空の下に電線が見える。ビルがある。屋根がある。どうってことのない風景だけど、景色ってきれいだな、と永子は思う。今見えているものすべてが、きれいだな、と思う。視線を落とし、ぎゅっと握ったままの自分の手を見つめ、夫がその手の中のものをくれたときのことを思い出している。


ただいまー、と上機嫌で夫は帰宅した。東北出張から戻ってきたのだ。

「行者（ぎょうじゃ）にんにくに、笹かま、萩の月にぃー、牛タンだ！」

鞄の中から、次々に土産（みやげ）をとり出した。牛タン、と聞いて子どもたちが、オーッ、と声を上げた。出張のときは、なにがしかの手土産を必ず買って帰る人だったが、今回はやけに多い。私の病気がわかったために気を遣ったことは明らかだ。

「出張くらいでこんなにたくさん、いいのに……」

「お母さんヒドいよー、お父さんがせっかく買ってきてくれたのにー」

長男が笑って言う。長女も、牛タンの入った銀色の保冷用の袋を握り締めながら、八重歯(やえば)を見せて笑っている。

「冷蔵庫に入れてきて」

「はーい」

子どもたちは品物を抱えて素直に台所へ向かう。その背中を見届けてから夫が、えーっと、それから、と背広の内ポケットをまさぐりはじめた。

「まだ、なにか？」

うん、まあ、ね、これが一番大事な……、と言いながら、白い袋を取り出した。受け取ってその袋に指を入れると、中からお守りが出てきた。緑色のきらきらした布地に、白い糸で「め」というひらがな一文字の刺繡がほどこしてある。

「め？」

「中尊寺の薬師如来は、目の神様なんだって。だから目のお守り。日本中探しても、ここにしかないものなんだって」

「わあ、ありがとう。わざわざ、これを買うために、中尊寺まで行ってくれたの？」

「いやいや、おれ、神社仏閣に並々ならぬ興味があるからね」

「そうだった？」

「そうそう」

夫は、永子に顔を向け、すぐに照れくさそうに視線をはずした。その横顔を見ながら、かわいい、と永子は思った。

公園のベンチに座っている永子は、てのひらを開いた。白い「め」の文字がふたたび目にあざやかに映る。永子は、「め」という文字の上に人さし指の先を当て、正確になぞる。「め」と声に出してみる。

夫の負担となる人間に、自分はなってしまうかもしれない。それを「負担」と考えるかどうかの話なのかもしれないが。

両手でお守りをつまんで、じっと字を見つめた。見つめすぎると、それが字であるということがだんだんわからなくなってくる。「め」という文字がほどけ、白い煙になって上昇し、空の雲と交じりあう。くらくらしてきて目を閉じる。指先の力が抜けて、ぽろりとお守りが地面に落ちた。永子はお守りを落としたことに気づいたが、目は開けなかった。

お守りは、このままここに置いて家に帰ろう。お守りの本体は、あえてこの場所に。ここで見守ってもらう。好きな景色がよく見えるこの場所で。お守りの中の願いは、すでに自分の中に溶け込んでいる。大丈夫。自分の身体がどう変わっても、自分は自分。変わらない。

永子は目を閉じたまま立ち上がり、記憶をたよりに、階段をそろりそろりと降りはじめた。

今という時間に、身体全体で集中することの楽しさを、噛みしめていた。

ごめん

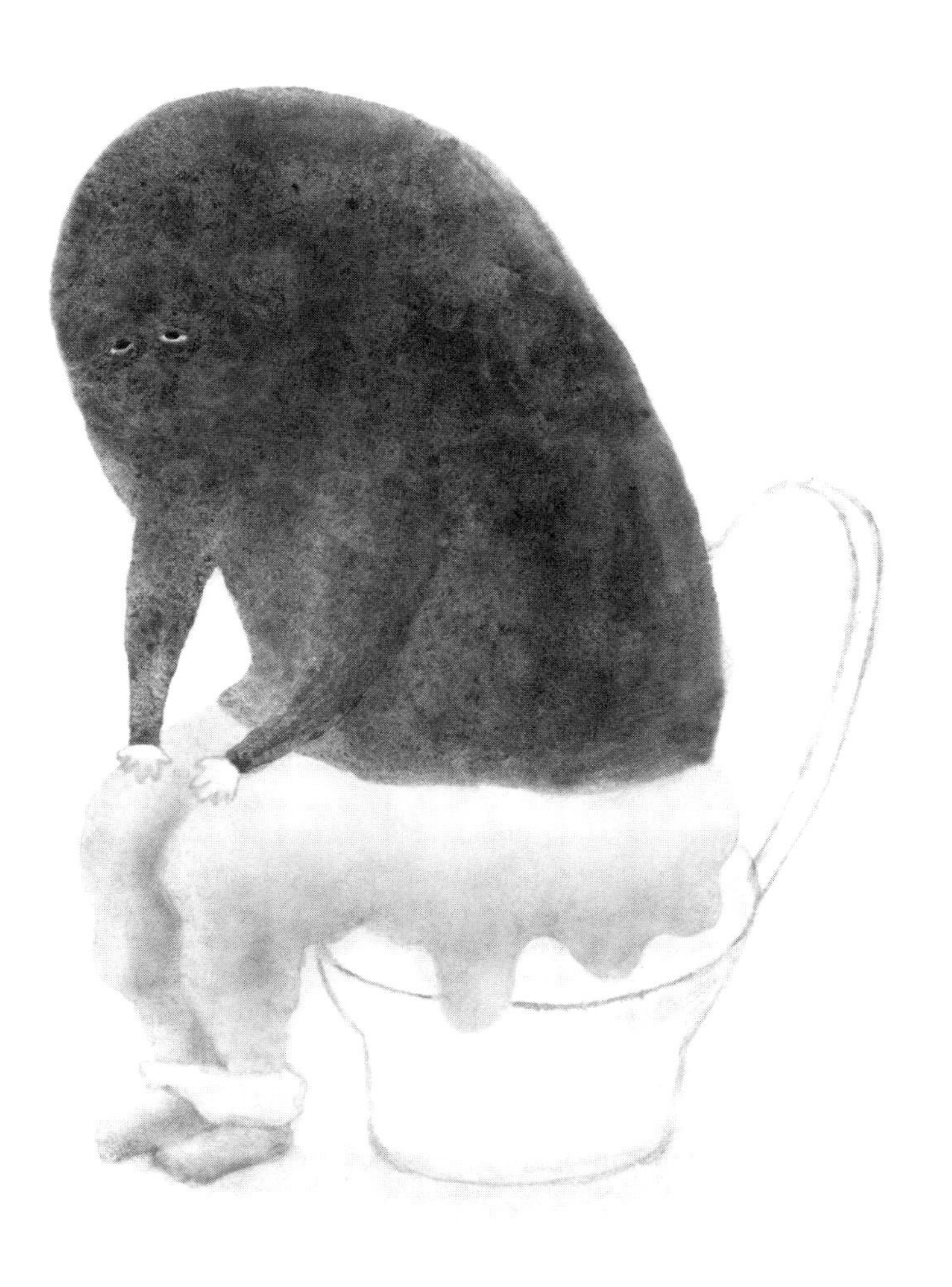

休みの日は何をしているか、などと自分に訊いてくる人間はもはや一人もいない、と香奈江は思う。だからなんにも気にしない。誰も立ち入ることのできない胸の内の薄闇に、香奈江はつぶやく。仕事が休みの日は、たいていずっとトイレに座っている。なんらかの病気のせいで、というわけではない。特に具合が悪いわけではないのに、下着を下ろしたままで電気も点けず、何時間も便座に座っている。排尿の気配を感じたら、とろとろとそれを肉体からしたたらせる。下着の上げ下げをする必要もなく、赤ん坊のように気の向くままに。

そういえばまだ実家で暮らしていたころにも、トイレでぼーっと座ってたことがあった。こんなふうに閉じた場所が昔から妙に落ち着く気がして好きだった。ずっと座っていたかったけど、家族にドアをドンドンされて、仕方なく立ち上がったものだ。あのドンドン、顔は見えないのに苛立ち具合がはっきり伝わってきて、とても怖かった。今は、誰も来ない。ドンドンされない。邪魔されない。中年女の一人暮らしだ。老人と呼ばれる日も目の前だ。このままここで死んでもいいくらいだと思う。部屋や寝具を汚すような迷惑をかけずに済むではないか。

香奈江はそうしてトイレで半日ぼんやりと過ごし、ときにうとうとする。座っているだけで日が暮れる。無為だ、とてつもなく無為だ。しかしこの上なく気楽で、気持ちがいい。

香奈江が母の死を知ったのは、そんな便座上でのうたたねの最中だった。ポケットに入れておいたスマートフォンが突然ふるえながら鳴り響いた。ねぼけた頭で取り出すと、液晶画面に実家の電話番号が表示されていた。何事かと出てみると「香奈江さん？」という、ささやくような声が聞こえた。義理の姉の小夜（さよ）の声だった。

「今、大丈夫ですか？」

「はい」

トイレの白い壁をつくづく眺めながら香奈江は答えた。

「何か、あったんですか？」

「あのですね、お義母（かあ）さんが……あ……」

「え？」

電話の向こうがざわざわしているが、何を言っているのか聞き取れない。小夜は黙っている。香奈江は胸がどきどきしてきた。それほど長い時間ではなかったと思うが、その沈黙は気が遠くなるほど長く感じられた。

「今、お義母さんが、亡くなられました」

「そう、なんですか……」

さっきの「あ」の寸前まではまだ生きていて、「あ」のあとに医者が臨終を告げた、そんな経緯があったのだろうと、香奈江は想像した。おどろくほど冷静な自分にあきれながらゆっくりと立ち上がり、下着を引き上げた。

香奈江はクローゼットの奥から喪服を探し出して身につけ、夜の電車に飛び乗った。東京の郊外の自宅から埼玉の郊外の実家へ、約二時間、電車に揺られる。いつでも行ける距離ではある。しかし、いつしかほとんど足を向けなくなっていた。

夜の車窓から見えるあかりが、東京を離れるほどに淋しくなっていく。でも、それもまたきれいだ、と思った。暗い車窓に自分の顔がぼんやりと浮かび、頭の中に母親の声が再生される。

「おまえは器量が悪いんだから」

笑いながら、よくそう言っていた。人様より器量が悪くて誰からも愛されないだろうから、つまり結婚できないだろうから、自分一人で生きていけるようにしっかりしなさいよ、ということだった。

（その通りですよ、お母さん。私もそう思います。私は確かに人より器量が悪いです。そんなことを言われてずいぶん傷ついたけど、早めに気づけて良かったですよ）

香奈江の心の中の声は止まらなくなった。実際、誰も私と一緒になりたいなんて言ってくれなかった。

（言われなくてもそうだったろうけどさ、物には言いようというものがあるんじゃない？）

（でも、おかげさまで、王子様を待つ夢なんて最初っから見ることもなく、なんとか一人で生きてこられました。それなりにがんばりましたよ）

香奈江は短期大学を卒業後、東京郊外の印刷会社の社員として長年勤めている。十年一日のような日々だが、むしろ変わらないその日常を香奈江は好ましいとさえ思っていた。

（お母さんとは、こんな終わり方だったなんてね……）


深夜の淋しい駅に降り、一軒家や小さなアパートの並ぶしずかな住宅街を香奈江はとぼとぼと歩いて実家に向かった。真昼の、春の気配に充ちたふんわりとしたあたたかさは消えうせ、ひえびえとした空気が身体の芯まで染みた。

玄関で出迎えてくれた小夜に導かれて、母親の遺体が安置されている部屋に入った香奈江は、その布団の前に大きな岩のようにうずくまって泣く兄の伸一（しんいち）を見て、ぎょっとした。遺体となった母親の顔にかけられるはずの白い布は、うずくまる伸一の手に握られていた。

あおむけで晒（さら）されている母の顔は、和室の蛍光灯に青白く照らされている。皺だらけの顔は記憶にある通りの、少し不機嫌そうな表情をしていた。眉間の皺。への字の口。しかし圧倒的に血の気がない。枕元に置かれた線香から細い煙が立ち上り、死者に寄り添う厳（おごそ）かな香りを放っていた。

死んでしまったんだ、私のお母さんは確かに、死んでしまったんだ、と香奈江は初めてはっきりと認識した。

「お母さん」

正座して香奈江が母親に声をかけると、伸一が涙に濡れた顔を上げた。

「香奈江、なんだよ、おまえ、今ごろになって……。臨終に、間に合わなかったじゃないか」

「え？　だって、死んじゃってから連絡もらったんだよ」

「これまで全然来てなかったじゃないか。暇なくせに……、こんなに年寄りの親に、全然顔も見せねえで」

そんなことは今まで一度だって言ったことのなかった兄が、なぜ今さらそんな嫌みを言うのか、さっぱりわからず香奈江は目をしばたたかせて、あっけに取られていた。

「だって……コロナだったし……」

「おまえ、その前から来てねえじゃねえか」

それはあんたたち夫婦が実家に入って自分の実家じゃなくなったからだよ、と香奈江は頭が沸騰しそうになりながら思ったが、口には出さなかった。

「おまえは、冷たいな。母親が死んだっていうのに、涙一つ流さないんだな」

香奈江はさらにむっとしたが、ここで言い返したら負けだと思い、黙った。

「おれは、おれはなあ……」

何かを言おうとしたとたん込み上げてきたものがあるらしく、伸一は、うう、と嗚咽（おえつ）をもらすと、また突っ伏して、おいおいと泣いた。

大往生の母親に、こんないい歳の息子が……とひややかな気持ちが生まれると同時に、「おまえは冷たい」という伸一の言葉が棘（とげ）のように刺さった。自分は本当に冷たい、薄情な人間なのかもしれない。実の兄の泣き声が、暗い雲のように香奈江の胸に重くのしかかった。

と、小夜が部屋に入ってきて、伸一が握っていた白い布をそっと抜き取ると、空気に一度なびかせて、母親の顔の上にやさしくかぶせた。


遺体の置いてある部屋を出て、香奈江は小夜の淹（い）れてくれた熱いお茶を、深夜のダイニングテーブルで飲んだ。

「こんな時こそ、兄がしっかりしなきゃいけないのに、本当にすみません」

香奈江が頭を下げると、小夜は落ち着いた声で「いいえ」と言いながらゆっくり首を横に振った。

「あんなにお母さんに思い入れがあったなんて、ほんとびっくりです」

「私も、正直ちょっと意外でした。ずっとぞんざいな感じだったんですよ、お義母さんに対して。でもお義母さんの方は、まあ、なんというか、伸一さんのことが、いつまでもかわいかったみたいですけど」

「ああ、なんかそれ、わかります。兄にだけ、あからさまなえこひいきしてたんです、昔っから。あ、ごめんなさい、愚痴になっちゃって」

香奈江は話題を変えねば、ととっさに考え、まだ兄夫婦の一人娘の舞に会っていないことに気づいた。

「そういえば、舞ちゃんは？」

「ああ、舞は、部屋にいます。すみません、挨拶にも出てこないで」

「いえいえ、いいんですよ、そんな」

「親戚への連絡とかも手伝ってもらったりして、バタバタしたから、今、ちょっと疲れて寝てるのかもしれないです」

「えらいですねえ、ちゃんとお手伝いもして。まだ、えっと、高校生……？」

「そうです。もうすぐ三年生」

「ああ、じゃあ、受験生ですね」

「そうです。どうしたいのか、まだ全然教えてもらってないですけど」

「まあ、そんなもんですよね、子どもなんて。って、私、子どももいないけど……。はは、すみません、えらそうで」

香奈江の虚しい半笑いの言葉を遮るように電話が鳴った。小夜がすかさず電話に出る。香奈江はどきりとする。こんな音だったっけ、うちの電話の音。あ、電話機が替わったら、音も替わるのかな。まあ、どうでもいいことだけど。香奈江は、一人残された薄暗いダイニングキッチンで深いため息をついた。

葬儀は明日、家族だけで行うことになった。今夜は家に遺体を安置して、一晩中線香を絶やさずに見守らなくてはならない。小夜の電話は、葬儀会社との打ち合わせのようである。本来なら長男で喪主の兄が仕切らなければならないのに、情けない。すべて小夜に任せっきりなのだろう。

考えてみれば、小夜にはこれまでずっと、あの気の強い母のことを丸投げしてしまっていたのだ。自分もていたらくの一味なのだと思い、香奈江は思わず目を伏せた。

母親には、会えば嫌みを必ず言われるので、しだいに実家から足が遠のいていったのだった。「おまえは器量が悪いから」というあの声が、胸の奥でまた響く。

このまま一晩、寝ずに母を見守るのが、長女としてのせめてもの役割だな、と思いながら黙って座っていると、急に頭がぞわぞわとかゆくなってきた。あ、そういえば、金曜の夜も昨日の土曜の夜も、めんどくさくて髪を洗っていなかった。何もかもめんどくさくなって、トイレにずっと座っていたのだった。さすがに今夜は髪を洗って月曜の出勤時にはさっぱりするつもりだった。しかし、こんなことになってしまった。

お風呂を借りてもいいものだろうか。勝手に使うのは憚（はばか）られるし、といってお風呂を沸かして、とは頼みにくい。小夜は忙しそうだし、兄は落ち込み過ぎていて、とても声をかけられる状態にない。やはりここは我慢して、一晩中ちゃんと起きて母を見守らねば。

香奈江は立ち上がり、自分が使った湯のみを流しで洗った。食卓に置いたままの小夜の湯のみも洗おうかと思ったが、やめた。またここに来て飲むかもしれない、と思ったので。

落ち着かない気持ちで椅子に座っていると、にわかに頭がまたかゆくなってきた。いやいや、我慢するのだ、と思ったが、我慢しようと思えば思うほど、なぜかかゆみが増してきた。そのうち猛烈にかゆくなり、だんだんかゆみのことで頭がいっぱいになる。

そうだ、花粉症の季節だから、アレルギーもあってこの時期はよけいにかゆくなるのだった。しまった。ちゃんと毎日髪くらい洗っておけばよかった。後悔先に立たず。とにかく、かゆい。もう我慢ができない。どうしたらいいのだ。

そうだ、この際ちょっと家を抜け出して、銭湯に行ってくるというのはどうだろう。二十四時間営業のスーパー銭湯とか、この辺で歩いていける場所になかったかな。

香奈江はスマートフォンを取り出して地図アプリを立ち上げて現在地を表示させ、検索窓に「銭湯」と記入したところで、はたと手を止めた。

母親が死んだその夜に必死で銭湯をググる娘って、どうなんだ？　香奈江は我に返った。もしも歩いていける場所に銭湯が見つかって、こっそり出かけて、いい感じにほてって帰ってきたところを誰かに見られたら、こんなときに何をのんきに、と顰蹙（ひんしゅく）を買ってしまうだろう。

忘れよう。頭のかゆみは、忘れるのだ。それが平和だ。

香奈江は自分に言い聞かせたが、忘れようと思えば思うほど、かゆみが増してきた。

そうだ、これを止める方法は何かあるはず、と思い立ち、スマートフォンを取り出して、「頭のかゆみ　止めるには」などと検索を始めた。リンクをたどりつつ、ふと、今日、お母さんが死んだんだな、と思う。母親が死んだ夜に、自分は何を調べているのだ、とまた自分自身に問いかけて、手を止めた。

「やっぱり私は、冷たい人間なのかな」

香奈江はぼそりとつぶやき、スマートフォンから指先を離した。

「香奈江さん？」

小夜がダイニングに戻ってきた。手にバスタオルを抱えている。

「お風呂、沸かしましたから」

「え？」

「お疲れでしょう。どうぞ、ゆっくりあたたまって下さい」

バスタオルを香奈江に差し出した。

あ、いや、でも、ともごもごと答えながら、香奈江は心の中で、なんとありがたい、と思った。同時に、もしや頭を掻いていたのを見られたのか、と思い、顔が熱くなった。

「あ、あの、私、線香の番をしなくちゃですし、お義姉(ねえ)さん、先に入ってきて下さい」

「私は、まだまだ電話の番もしなくちゃ、ですから」

小夜が、笑みを浮かべた。

「じゃあ、兄を……」

「伸一さんは、さっきご覧になった通り、今は片時もお母さんの傍を離れたくないみたいですよ」

「確かに……。あ、でも、舞ちゃん……」

「舞はもう、きっと寝てますよ。もしも寝てなくても、香奈江さんに先に入ってもらった方がいいんです。香奈江さんに今お風呂に入ってもらえたら、私も含めて、みんなが入りやすくなるんです」

「はあ、そう、なんですかね」

「そうなんです」

「そうなんですね……」

ああありがたい、今、自分は何よりも、風呂に入りたかったのだ、頭を洗いたかったのだ、と思ったとたん、何かが自分の奥から込み上げてきた。小夜は、香奈江の顔を見ながら微笑(ほほえ)んだ。その笑顔に誘導されるように、香奈江はその手からバスタオルを受け取った。

「ゆっくり入って下さいね。ここは香奈江さんのご実家なんですから」

香奈江は、その言葉を耳にしたとたん、胸の中で堰(せき)が切れたようになり、ぼろぼろと涙があふれた。

「ごめんなさい」

香奈江の口からかすれた声が絞り出された。

「え……?」

涙する香奈江を見ながら、小夜がまばたきをした。

香奈江は、なぜこのタイミングで涙があふれるのか、自分でもわけがわからなかった。ただただ、どうしようもなく涙があふれ出てくるのだ。そしてただただ「ごめんなさい」という言葉ばかりが口をついて出た。何度も「ごめんなさい、ごめんなさい」と言いながら、バスタオルを握り締めて立ったまま、泣いた。香奈江の背中に小夜が手を回し、やさしくさすってくれた。何も言わなかったが、ゆったりとしたその動きに、母親を亡くした者への慰めの念がこもっている気がした。

そうじゃないのに、と香奈江は思う。自分の涙は、そんな慰めを受ける資格なんてないのに、と香奈江は涙を流し続けながら考えていた。

自分にとって、お母さんって、なんだったのだろう。もちろん生んでもらってありがとう、と思う。いろいろ嫌なこともたくさん言われたけど、毎日ご飯を作ってくれて、お弁当も持たせてくれて、生きさせてくれて、人生をくれて、感謝したいと思う。だから、死んでしまって悲しいし、淋しい。確かにそう思っている。

でも、遠いのだ。一度もちゃんと向き合えなかった。だから、申し訳なかった。理想とはほど遠い娘で悪かったと思う。ごめんなさい。今までほったらかしで、親孝行らしいこと何一つできなくて、ごめんなさい。ほんとごめんなさい。

でも……でも、思うんだけど、お母さんからも、一度くらい私に言ってほしかった、ごめんねって。生きてる間に、言ってもらえなかった……。私も、言えなかった……。言ってもらったからって、言ったからって、何が変わるってわけじゃないけど、でも言ってもらえてたらよかったなって思うし、言えばよかったって、思う。こんなこと、今さら思っても仕方ないのに。でも、思う。思ってしまう。ああ、わけがわからない。

香奈江は、混乱しながら、泣きながら風呂場に行き、服を脱ぎ、髪を洗った。ああさっぱりする、さっぱりする、と思いながら、泣いた。シャワーを浴びた。そして、小夜の用意したあたたかい湯に浸かるうちに、涙は止まった。

香奈江は風呂から上がり、濡れた髪のまま小夜を探した。お礼を伝えて次に入ることを促そうと思ったのだ。母の眠る部屋には、伸一しかいなかった。あぐらをかいてうなだれていて、香奈江が襖を引いて顔をのぞかせても、なんの反応も見せなかった。眠っているのかもしれない。淡いけれどもまっすぐに上る線香の煙が、妙に清潔なもののように感じられた。

小夜は、キッチンの換気扇の下にいた。そこで煙草を吸っていたのだ。換気扇が「弱」で回っている。煙草の煙が、揺れながら換気扇に吸いこまれていくのが見えた。

「お義姉さん……。お風呂、お先にいただきました。とても、いいお湯でした。ありがとうございました」

「そうですか、よかった……」

小夜はふうっと煙草の煙を吐いた。

「煙草、吸われるんですね」

小夜が、眉を少し上げた。

「はい、久し振りに」

「久し振り？」

「今日、お義母さんが亡くなったから」

「え」

「ああ、えっと……、別に、お義母さんにこれまで遠慮してたとか、我慢してたわけじゃないですよ。私が、そうしたくて、吸わなかっただけで」

「そうしたくて……」

「そうです。だから香奈江さんも、私に謝ることなんて、なんにもないですからね」

さっき、自分が繰り返していた「ごめんなさい」のことを言っているのだと気づく。

「あ、それ、なんというか、自分が言いたかったから言っただけの、ごめんなさいだから……」

煙草を手に持った小夜が少し不思議そうな顔をした。口もとが少し笑っているようにも見える。その姿が、なんだかりりしく、まぶしかった。

「とにかく、どうぞ、お気になさらないで下さい」

何かを考えるように小夜が目を伏せた。その睫毛(まつげ)が思いのほか濃くて長いことに、香奈江は初めて気がついた。

「わかりました、気にしません。じゃあ、お風呂、私も入りますね」

小夜は、小さな皿に煙草を押し付けて火を消した。煙がふわりと生まれ、やがて消えた。

覚えてる？

中学校からの帰り道に、大悟はいつもの公園に立ち寄り、ベンチに座った。日が長くなってきて助かる、と大悟は思う。通学用のリュックサックの内ポケットを探り、英語の辞書を取り出した。かなり使いこんでいる。

「さて、今日はどこからだったかな」

辞書に挿んでいた栞を探ってページを開き、背筋をのばした。

「おーい、まてよー！　まてっていってるだろー、まーてーよー」

「ヤーダー、ヤーダー」

「まてったらー」

耳ざわりなかん高い声が響き、大悟は思わず顔をしかめた。ランドセルを背負った小学生たちが、大きな声で叫びながら公園に入ってきたのだ。

うるさいな、邪魔するなよ、と大悟は心の中で舌打ちし、ベンチに座ったまま小学生をにらんだ。だが、小学生たちは大悟のことは全く眼中にないらしく、相変わらずわあわあと騒ぎたてながら、追いかけあって砂埃を立てている。大悟は思わず埃を払うようなしぐさをしたが、やはり小学生たちは気にも留めず、大騒ぎしながら公園を通過していった。

大悟はいくつものランドセルが遠ざかっていくのを眺めた。自分がランドセルを背負っていた日のことが、ふと頭をよぎった。

＊

大悟は学校から帰るなり、ランドセルを背負ったまま庭にしゃがみこんで泣いていた。泣きたくなんかない、泣きたくなんかないのだ、と思いながらも、込み上げてくるものを止められず、泣いた。誰にも顔を見られないようにうつむいて、ひたすら泣き続けた。

「人は裏切る」

突然、背中から声をかけられた。おじいちゃんの声だ、と思って、大悟は涙に濡れた顔を上げた。おじいちゃんは大悟の視線に合わせるようにしゃがみこみ、首にかけていたタオルで、大悟の顔をやさしく拭いた。

「うらぎる……？」

まだ小学二年生だった大悟は、「うらぎる」という言葉のなんとなくの意味を知ってはいたものの、今なぜ唐突におじいちゃんがそんなことを言い出したのか意図がわからず、訊き返したのだった。おじいちゃんは大悟の目を見つめて二度頷くと、ゆっくりと立ち上がった。

「人間だからな。心変わりをすることはあるのだ。どうしても、どうしてもな」

おじいちゃんは、空を見上げている。大悟も同じ方向を見ながらゆっくり立ち上がった。その肩に大きなてのひらがそっと置かれた。あたたかくて、少しくすぐったかった。

「人は人を愛するが、憎むこともある。だから、裏切る。人間の心を、あてにしすぎてはいかん」

大悟はやっと、おじいちゃんが自分を慰めようとしているのだと気づいた。何があったかは訊かないまま、しかたのないことだからあきらめろと言っているのだと、八歳の頭で理解した。

大悟はこくりと頷いた。

「だがなあ、大悟」

おじいちゃんの手が、今度は頭をやさしくなでた。

「人は裏切るが、自分で身につけたものは自分を裏切ったりしない。己から離れることはないぞ。必ず身を助けてくれる。自分で努力したことは、たとえすぐには役に立たなくても、いつかきっと、役に立ってくれる」

大悟はぱちくりと目をしばたたかせた。おじいちゃんは大悟に顔を向けて、にっこりと笑った。

「つまりだな、よく学んで、たくさんのことを身につけるんだ。誰に裏切られてもびくともしないための鎧になるように」

おじいちゃんのてのひらが、大悟の頭の上でぽんぽんと二回、やさしく弾んだ。

「人は裏切る。しかし、身につけたものは己から離れず、身を助ける。どうだ、言ってみろ」

「ひとは、うらぎる……」

「そうだ。しかし、身につけたものは」

「しかし、みにつけたものは……」

「己から離れず」

「おのれからはなれず……」

「身を助ける」

「みをたすける……」

「そうだ、そうだ」

おじいちゃんが声をあげて笑ったので、大悟もつられて笑った。その頰には、まだ涙のあとが残っていたが、笑っているうちに、なんだか愉快な気分になってきた。

その二年後、おじいちゃんは病気で亡くなった。

写真になってしまったおじいちゃんに、大悟は教わった言葉を呪文のようにつぶやいた。

「人は裏切る。しかし身につけたものは己から離れず、身を助ける」

*

大悟は、少し醒めたところのある、勉強好きな人間に育っていった。中学生になると孤独癖と勉強好きがますます助長され、一人でものを覚える時間を何より愛するようになった。特に英単語を覚えることは好きだった。一語でも多く単語を覚えれば、それだけ有利になる。身につければつけるほど「己から離れず、身を助ける」。おじいちゃんの言った通りだ。どんどんどんどん、覚えればいいんだ。そうだ、辞書を丸ごと覚えちゃえばいいんじゃないか、と自分独自の攻略法を見出し、邁進（まいしん）していたのだった。

英語の辞書を一ページ目から順にすべて覚える。そのために、学校から家に帰るまでに、最低でも五つ、英単語を覚える、ということを自分のノルマにしていた。部活動には参加せず、特別な友達は作らず、一人で登下校し、たいてい一人で行動していた。おじいちゃんの「人は裏切る」という持論が、幼い心に強く作用しすぎてしまったせいなのかもしれない。しかし、勉強がよくでき、物をよく知っているというだけで、同級生から一目置かれ、いじめられたりからかわれたりするような苦痛は受けずに済んでいた。おじいちゃんの予言通り、身につけたものによってすでに助けられていたのだ。

泣きながら学校から帰ったあの日、仲のよかった友達も一緒になって自分のことをさんざんからかってきた。大悟にとってはすでにとても遠い出来事であった。大きな声を出して小競り合いをしながら通りすぎていった小学生たちに、おじいちゃんの言葉を教えてやりたいような気持ちにもなった。

小学生がすっかり見えなくなってから、大悟はため息を一つ吐いた。ふたたび英語の辞書を開くと、そこに書かれている英単語と日本語の意味、そしてその単語を使った例文を、一行一行、自分の脳に刻みつけるようにつぶやいた。それからおもむろに目を閉じて、今つぶやいた英単語とその意味を、記憶の海底から浮上させる。うまく浮上しなかったら、目を開いて辞書を読んでつぶやき、また目を閉じて、記憶の浮上を確かめる。それを何度も繰り返し、記憶が定着したと思ったら、次に進んだ。

「何してるの？」

ふいに声が聞こえて、大悟は閉じていた目を見開いた。目の前に、顔。うわ、と声を上げて驚き、思わずのけぞった。自分と同じ中学校の制服を着た少年だった。しかし、初めて見る顔だった。濃紺の制服を着た細長い身体が逆光を浴び、公園の樹木の一本がふいに近づいて話しかけてきたようだった。

「何してるって……英単語、覚えてる……」

「こんなとこで？　すげえな」

「いや、別に……」

「しかもそれ、単語帳とかじゃなくて、辞書じゃん」

「そうだけど」

「辞書から直接覚えてんの？　もしかして最初から全部覚えようとしてんの？」

「まあ、そう、だけど……」

「うわ、すげえ、辞書、全部？」

「そのつもりだけど」

「なんで単語帳とかで覚えないの？　試験に出ないようなやつとか必要なくない？」

「僕はそういう、目先のことだけ考えてるわけじゃないから。長い時間をかけて身につけようと思ってるんだから」

「へえ」

「単語帳は点だけど、辞書なら面だから」

「どういうこと？」

「単語帳とかだと、その単語以外は読まないよね？　そこだけ覚えるから、点。でも辞書は、そのページ全部が目に入ってくるから」

「あー、覚えようとする言葉のまわりも目に入るってことか」

「そういうこと。例文を読むと、その言葉の使い方がわかって、会話してる場面が浮かぶだろ。その場面ごと、物語の一場面みたいに覚えるんだよ」

「なるほど、頭いいー。やっぱすげえよ、ほんと、すげえよ」

「まあ、それほどでも……」

突然話しかけられて戸惑っていた大悟だが、これだけたっぷりと「すげえよ」を浴びせられて褒められると、悪い気はしなかった。

最初の方に覚えた英単語「aboard」を使った「All aboard!」という例文が、なぜだか頭に浮かんできた。「皆さんお乗り下さい！」あるいは「発車オーライ！」という意味である。大悟の頭の中では、バスに人々が次々に乗り込んでいく姿が映像として流れていた。

「やっぱほんと、天才だよ、大悟は」

「え？」

（なんでこいつが、僕の名前を知っているんだ？）

「えっ、て。あれ、おれのこと、覚えてるよね？」

少年は、当たり前のように言った。大悟は、その、さも当然のような表情に見覚えがあるような気もしてきた。何しろ自分の名前を知っているんだから、どこかで一緒になったってことなんだろう。

「あ、ああ、それは、もちろん、覚えてるよ……」

「よかったあ！」

少年は、両手を上げて大袈裟(おおげさ)に喜んだ。こんなに喜んでもらったのでは、ますます知らないとは言い出せなくなり、何が何でも思い出さないといけないぞ、と大悟は焦った。

「おれ、大悟に忘れられてたらどうしようと思ってたよ。ほんとよかった」

「う、うん」

大悟は、作り笑いを浮かべながら、さらに記憶の海を探った。さっき覚えたばかりの英単語は記憶の波間にぷかぷかと浮かび上がってきたが、今目の前にいる少年の顔は、全く浮かび上がってこなかった。

「大悟さあ、もしかしていつもここ来てる？」

「いつもっていうか……、家に帰る途中だから」

「やっぱそっかー。実はさ、前もこの公園通りすぎたとき、あれえ大悟かな、って思ったんだけどさ、なんか、話しかけるなって感じのオーラ出してたし、おれも自転車乗ってたから、通りすぎちゃったんだよね」

「へえ……」

大悟はそれ以上の言葉が見つからなかった。

二人ともしばらく黙り込み、気まずい空気が流れた。

「大悟ってさあ、帰宅部だよね」

ふいに少年が口を開いた。

「え、まあ、そうだね、部活は入ってないから……」

唐突な質問に、少し困惑しながら大悟は答えた。

「おれも、帰宅部じゃん？」

「え、ああ、そうだよな……」

大悟は、そんなこと知らないよ、と内心では思いつつ、話を合わせて頷いた。すると少年の表情がぱっと明るくなった。スイッチが入ったようにさっと立ち上がって移動し、ブランコに乗ると、勢いよく漕ぎ始めた。大悟もつられて立ち上がり、ブランコを漕ぐ少年をぽかんと眺めた。

「だったらさあー、一緒に活動しようよー」

「活動？」

「あ、もうしてる感じかなあー、これ」

「これ？」

「帰宅部の活動だよ！」

少年は叫ぶようにそう言うと、ブランコからぱっと飛び降りた。うわ、と大悟が思わず声を出した直後、少年がばさりと地上に降りた。いや、降りたというより、落ちた。

「……ってえ……」

地面にうずくまる少年に、大悟はすぐに駆け寄った。

「大丈夫？」

少年は顔をしかめたまま大悟の方に向き直り、いきなり破顔した。

「いつ、活動する?」

「活動?」

「活動計画、活動内容、一応決めないとな、帰宅部だって」

「帰宅部の、計画?」

「そう、予定合わせるからさ」

少年は、生徒手帳を取り出した。そんなものでスケジュール管理してるのか、と思いつつ、その表紙に氏名が記載されていることに大悟は気づいた。顔を動かしてそれを確かめようとした大悟の目の前に、はい、とその表紙が差し出された。「斉木雅也」とあった。

「おれの名前、斉木雅也(さいきまさや)」

「あ、ああ、ちょっと、その、下の名前、なんだったかなあって」

笑ってごまかそうとしたが、雅也と名乗った少年は真顔のままだった。

「知ってた」

「は?」

「大悟が、おれのこと覚えてないって、知ってた」

そう言って、かざしていた生徒手帳を下げた。

「なんだよ、それ……」

身体の力が抜けていくのを感じた。

「大悟が、おれのことなんか覚えてるわけないって、わかってた。でも、おれは大悟のこと、知ってる。あこがれだったから」

「え、なんで？」

「大悟は、成績いいから。帰宅部なのに」

確かに大悟は自主的な学習が実を結んで、学年でも上位をキープしていた。勉強をしっかりしたいから部活動には入らなかった、という、大悟が口にしたこともない理由が流布していることも、大悟はうすうす知っていた。

「いつも堂々としてて、すげえなって思ってた。おれ、ほんとに、なんもないからさ。なんか、一人でコソコソ帰るだけだったけど、大悟は、部活してなくても背筋のばして帰宅して、こうやって堂々と公園で勉強もしてる。すごいよ。実はさ、前もここで話しかけたんだよ」

「ほんと？」

記憶をたどってみたが、大悟は何も思い出せなかった。

「話しかけたのに、ほとんど無視された」

「ああ、ごめん、たぶん、勉強に没頭してたんだと思う。悪かった」

「別にいいよ。それも、かっけえなあ、って思うからさ。人の目なんかぜんっぜん気にせず、ガリ勉できるってさ」

「ガリ勉って……。なんか、僕のこと、ほんとはバカにしてる？」

大悟が少し低い声で言うと、雅也は急にふにゃふにゃと身体をゆらした。

「してねえって、するわけねえし。ほんと、尊敬してるって」

へらへらしつつ両手をぶらんぶらんさせている雅也の動きを制するように「わかった、わかったから」と大悟は言ったあと、「よし、じゃあ、えっと、雅也？」と初めてその名前を呼んだ。雅也の目がぱっと輝いた。

「はい」

「勉強しよう、一緒に、ここで」

「ここで？」

大悟は、手にずっと持っていた英語の辞書を掲げた。とても尊いもののように。

「これを、頭から全部覚える」

「え、まじ？　辞書だよ、全部？」

「そう、全部」

「そんなの、おれにはできないよ」

「人は裏切る。しかし、身につけたものは己から離れず、身を助ける」

「は？」

「これ、僕のおじいちゃんが生きてるときに教えてくれたこと」

「まじか。重っ。大悟のおじいちゃん、なんかあった？　そんなこと言うなんてさ、ぜったい、誰かにものすごい裏切られ方したってことだよね」

「さあ、わからない」

「何も聞いてないの？」

「聞いてない。なんか、聞いちゃいけないような気もしたし」

「そっか……」

「おじいちゃんも、僕が泣いてても、根掘り葉掘り訊かなかった。だから、僕もおじいちゃんの昔のことを訊かなかった」

「なんか、それ、いいな」

大悟は誇らしい気分になって、大きく息を吸った。

「だからこそ、僕にわざわざ言ってくれたことは実行しようって思った。おじいちゃんが言った通り、毎日こつこつ覚えたものは、忘れない。役に立ってるって、わかる」

「……みたいだね。やっぱすげえな、大悟。他のやつらとは全然違って、考え方に筋が通ってる。おじいちゃんゆずりだったんだな」

大悟は、まあね、と応えるような笑みを浮かべた。

次の日から、二人は帰宅部の活動として、放課後はこの公園で待ち合わせをすることにした。

同じ学校なんだから一緒に帰宅しようと雅也が提案したが、大悟は一人で歩く方が好きだったのであっさり断った。だが雅也は放課後、大悟の教室にやってきて、やっぱり一緒に帰ろうよ、と誘ってきた。「いやだ一人で歩く」と大悟はきっぱりと言い、雅也に背を向けてさっさと教室を出た。雅也の声が後ろから聞こえてきたが、大悟は声から逃げるように振り返ることなく足を速めた。

濃紺の制服を着た二人は、部活動へ向かう体操着の生徒たちの間をかきわけながら廊下を進んでいった。昇降口で靴を履き替え、校庭を横切り、校門を抜け、住宅の並ぶ通学路に出た。早足の大悟は笑っていた。追いかける雅也も笑っていた。二人とも笑いながら、少し息が切れていた。

街路樹の新緑が、初夏の陽をまぶしく照り返している。二人の髪に、顔に、背中に、鞄に、まだらの木漏れ日が降りかかる。目指す公園は、あともう少し。

もういいよ

〈着いた〉

芽以（めい）は、三文字だけ書いてLINEを送る。

〈了解〉

返事は二文字。父親からである。卓球部の部活を終えて高校から帰るとき、芽以は、必ずLINEで駅に着いたことを父親に知らせる。駅から自宅まで、歩いて十三分かかる。夕方の六時を過ぎた空は、ふんわり浮かぶ雲が淡くオレンジ色に染まっているが、まだ明るい。夏至が近いのだと芽以は思いながら、荷物の詰まったリュックサックを背負（しょ）い直した。一日の疲れを溜めた身体が、はずんだリュックサックの重みを受けて少しぐらつく。が、すぐに体勢を立て直し、足にぐっと力を入れて、家に向かうためのゆるやかな上り坂の道に踏み出した。

上り坂のてっぺんで視界が大きく開き、ベージュ色のタイルのマンションが見えた。上から五番目の縦長の窓にあかりがついているのを芽以は確かめる。ほんのり暖色を帯びているその窓は、芽以と父親が二人で住む部屋の台所の窓である。

芽以が駅から家に帰り着くまでの時間を使って父親は、夕食用の汁物をあたため、メインのおかずに火を入れ、ご飯をよそい、お茶を淹れ、娘が家に到着したときには、食卓にすぐにつけるようにタイミングを計ってそれらの用意をする。とても手際よく。

マンションのドアを開けた芽以は、ただいまと言いながら靴を脱いで家に上がり、ダイニングテーブルの上で湯気をたてる味噌汁とカレイの煮付けを横目に見ながら、今日食べた弁当のつつみをほどき、流しの水を張った洗い桶の中に空の弁当箱を浸けた。

地元の市役所で働く父親は毎日必ず定時で上がり、夕食の支度をして芽以を待っている。飲み会に行ったりなどして芽以を夜に一人で留守番させたことは一度もない。芽以が生まれて一年後に母親が病気で亡くなってから、出張や残業はすべて断っている。一人娘の芽以を男手一つで育てていることが周知されているため、まわりの理解が得られ、こうした生活を続けることができている。

ダイニングテーブルについた芽以は、箸の先でカレイに触れ、その白身をほろりとほぐした。舌にのせると、ほんのり甘い。

「今日はどうだった、学校」

「ん、まあ、まあまあかな」

「そうか、まあまあか……」

「うん、まあまあ……」

父親が、自分の意味のない言葉をしみじみした口調で繰り返したことがなんだかおかしくなって、芽以は少し笑った。

そう、たいてい「まあまあ」なのだ自分は、と芽以は思う。ものすごく優秀ではないが、それなりの大学に進学できそうな学力はあり、部活でレギュラーにはなれないけれど、馬鹿にされない程度の運動神経はある。ルックスに関しても、可もなく不可もなく。芽以は、誰かに馬鹿にされない、かといって嫉妬されたりもしない、なにごとにおいても平和なポジションにいられる「まあまあ」を、自分自身で認識しているのだった。


「で、今日のカレイは、どうだ?」

「うん、おいしい。やわらかい」

「そうだろ、魚はな、最初から思い切って強火で煮て、長く煮すぎないのが、肝心だ」

「煮すぎない……」

「そうだ。いろいろと試行錯誤した結果、カレイは煮汁が沸騰してからきっちり四分がベストだ」

「四分……」

「芽以の〈着いた〉LINEを確認してから、カレイをさっと湯通しして、合わせておいた煮汁に入れて煮る。芽以が家に着くころにちょうどできあがるように算段したというわけだ。先に作って置いておいたら、煮返すたびに固くなっちゃうからな」

「お父さん、さすがだー。ほんとにちょうどいい！」

芽以は満面の笑みを浮かべる。父親は満足そうに目を細めた。

父親が、その日の料理に関する一通りの蘊蓄を語り終えると、二人の共通の話題は少なく、二人きりの食卓での会話はさほど長くは続かない。食事中にテレビを点けたりもしないので、とても静かだ。その静けさがなんだか心地よく、芽以は気に入っていた。


「あれ？」

クラスメートの木村さんが弁当をしげしげとのぞくので、芽以は怪訝な気持ちで顔を上げた。木村さんとは休み時間にときどき雑談くらいはするが、特別仲がいいわけではない。

「え、何？」

あ、ちょっと待って、と言いながら、木村さんはスマートフォンの液晶画面をスクロールしている。

「あー、やっぱそうだ、ぜったいこれだよー！　だってだって、弁当箱おんなじだし、その果物入れてるタッパーも同じだし！」

　木村さんが画面を芽以の前に差し出した。そこにはお弁当の画像があった。楕円の曲げわっぱに、半分は色とりどりのおかず、半分は白いご飯。ご飯の真ん中に梅干しが一つ鎮座している。おかずは唐揚げと卵焼きと茹でたブロッコリーとミニトマト。別の小さいタッパーにパイナップルが入っている。なんのへんてつもない弁当である。

だが、それを見た瞬間、芽以は青ざめた。まぎれもなく、父親が自分のためにいつか作ってくれた弁当だったのだ。

「何、これ……」

芽以は声を絞り出すと、木村さんの手からスマートフォンを奪い取り、その写真が掲載されているブログを、ぐんぐんスクロールしていった。

次から次へと、自分がかつて食べたお弁当が現れる。記憶の底で溶けて消えかかっていたそれらが、まざまざと蘇ってくる。

まぎれもなく、自分の弁当だ、と芽以は思った。お父さんが毎朝作って自分に渡してくれた、弁当。

「私のだ……」

芽以がつぶやくと、木村さんの目が輝いた。

「でしょう？　やっぱ、星崎(ほしざき)さんのだよね！　わー、すごーい！　本人目の前にいたんじゃん！　てか、星崎さん、これ知らなかったの？」

「……知らなかった」

芽以がぽつりと答えた小さな声にかぶせるように、え、なになに、見せてー、と女子たちがまわりに集まってきた。

「これ、けっこう人気なんだよ、一回、ネットニュースにもなって。だから知ってて、ずっと追いかけてたんだけどさ」

ブログのタイトルは「愛娘のための今日もがんばる親父弁当」だった。シングルファーザーの「親父」ががんばって作る、というコンセプトで、娘のための毎日の弁当を披露している。キャラ弁のような派手さはないが、素朴で親しみやすく、思春期の娘のための弁当を父親が作っているという点で注目を浴び、じわじわとファンが増えているらしい。

〝今日の半熟卵は水から火にかけてきっかり8分!〟〝ごま油が茄子を甘くしてくれる〟といった役立つひと言コメントも人気を後押ししているようだ。

「これ、星崎さんのお父さんのブログだったんだ⁉」

「お父さんが作るってえらくない？　うちのお父さんなんて、林檎の皮も剝けないんだよ」

「いいなあ〜、おいしそう〜」

「すごいちゃんとしてる。星崎さん、愛されてる〜」

自分の平凡な弁当に突然クラス中の注目が集まり、芽以は大いに戸惑ったが、苦笑いを浮かべるしかなかった。

「星崎さんのお父さん、ずっとシングルファーザーでがんばってるんだ……」

誰かがぽつりとつぶやいたセリフが、騒いでいたクラスメートたちを一瞬にして、しん、とさせた。ブログのタイトルの下には、「娘が一歳二ヶ月のとき、妻は虹の橋を渡りました。妻が空で安心できるように、親父は今日もがんばります！」という文章が添えられていた。

「芽以の家、そうだったんだ……」

同じ卓球部で仲良くしている未奈美がしんみりした声で言った。

「あ、うん、そう」

芽以は答えながら、食べていた弁当の蓋をぱたりと閉じた。

「別に、秘密にしてたってわけじゃないよ。でも、わざわざさ、言う必要もないかなーって、ははは」

〝ないかなー〟のところで身体を斜めに傾けて、ポップに答えて笑ってみせたつもりだったが、誰も笑わなかった。芽以は、脇の下に変な汗が滲むのを感じた。

父親が毎日食事を作ってくれることは、物心ついてからずっとそうだったので、特別だと思ったことはない。高校一年の今のクラスメートには、自分の家が父子家庭であることは特に伝えていなかった。

母親が幼い子どもを残して死んでしまったことを知っている人たちの間で、微妙な気遣いのような空気が生まれる。それは、芽以をいつも憂鬱な気分にさせた。母親が死んでしまったかわいそうな子ども、という認識のもたらす、なんとなく腫れ物にさわるような重い空気とよそよそしさ。あるいは逆に生まれる妙ななれなれしさ。そして、遠くで自分を指さしながら言われる、「あの子、お母さん死んじゃったんだって、かわいそう」というささやき。聞きたくもないのに、なぜかそのセリフは、すぐそばでささやかれたように無遠慮に耳にしのびこんできて、胸に刺さった。「かわいそう」という言葉は、その言葉をはっきりと理解することができなかった頃から、芽以は雨のように浴びてきた。正確な意味は分からなくても、自分が特別扱いされている居心地の悪さは感じていた。

こっちが子どもで言い返せないからって、なんでも言っていいと思うんじゃないよ、と、その頃のまわりの大人たちの様子を思い出しては、芽以は腹を立てていた。保育園でも、小学校でも、中学校でも、「あの子のお母さん、死んじゃったんだって」がつきまとい続けることに心底うんざりしていた。だから、地元の子が誰も行かないような少し遠くの高校にあえて進学したのだ。自分のことを誰も知らない場所に身を置くことができて、芽以は心からほっとした。こちらから口に出さない限り、誰も親のことなど話題にしない。自分は、ありきたりの、どこにでもいる、「まあまあ」な女子高生でいることができるのだ。そのことが、何より安らぎになった。

なのに、今、それが崩れた。父親の、弁当ブログのせいで。ふっと足元が揺らぐような感覚に襲われた。

自分が話題の発端を作って気まずい空気にさせてしまったことに責任を感じたのか、木村さんが「ま、まあ、あれだよねえ」と高めの声を出した。

「照れくさいとは思うけどさ、星崎さんもうれしいよね、こんだけ愛されてるのがわか……」

「こんなの！」

木村さんの言葉を断ち切るように、芽以は大きな声を出した。

「うれしくない！　迷惑なだけ！」

自分でも、言ってはいけないことを言ってる、と思った。でも、止まらなかった。

「こんなの、どこがすごいの？　全部、全部別に、普通じゃん、普通の弁当じゃん。これ、お母さんが作ったお弁当だったら、誰もなんにも言わないよね。なんで父親が作ると、みんなおもしろがるの？　すごいってなるの？　お母さんが死んでるから？　ねえ、なんで？」

「芽以、やめなよ！」

未奈美が芽以の肩に手を置いてその言葉を遮った。芽以は、はっと我に返った。

ごめん、と誰にも聞こえないような小さな声で芽以はつぶやいてから、机の上の弁当箱を乱暴につかんでリュックサックに投げ入れた。そしてリュックサックのストラップを片方だけ引っかけて、教室を飛び出した。未奈美が何か言いながら追いかけてくるのを振り切って、全速力で階段を駆け下りていった。


帰宅した父親が、わっ、と声をあげたので、ダイニングテーブルに制服姿のまま突っ伏していた芽以は、顔を上げた。

「なんだ、もう帰ってたのか」

そんなところで電気も点けないで、と言いながら、父親がダイニングルームの電灯を点けた。

「今日は部活なかったたってこと？」

「部活は、休んだ」

芽以は沈んだ声で言った。

「休んだって……どうした、具合でも悪いのか？」

「具合……悪い」

「え、大丈夫か？　なら、着替えて横になったらどうだ？」

「具合悪いのは、身体じゃない」

「身体じゃない……って、あ」

父親の表情が変わったのに気づいて、芽以は思わず目をそらした。

「何が、あったんだ？」

父親は、やさしく話しかけながらポケットからハンカチを取り出した。紺色のおじさんハンカチが目の前に迫ってくる。自分の濡れている頬をハンカチで拭おうとしているのだ、ととっさに察知した芽以は、ばしっと父親の手をはね返した。反動で父親はハンカチを取り落とした。

「え、なん……で？」

父親は目を見開いた。芽以はテーブルに伏せていたスマートフォンを持ち上げ、驚いた顔のまま固まっている父親に液晶画面を向けた。

「これ」

「え……あ……！」

「だよね」

「やあ、ばれちゃったかあ」

父親の顔に照れ笑いのようなものが浮かんだのを見て、芽以の胸にもやっとした苛立ちが生まれた。が、父親の方も敏感に芽以の心の動きを感じ取り、すぐに真顔になった。

「今、泣いてたのって、もしかして……これのことなのか？」

「……」

「ブログに、弁当のことを上げたから、怒ってるのか？」

「……お弁当は……」

「ごめん、悪かった、勝手に……」

芽以はうつむいて首を横にふるふると振った。

「お弁当は、ありがたいと思ってる。ほんとに感謝してる」

そう言いながら父親を見上げた芽以は、また涙が込み上げてくるのを感じた。

「でも、嫌だった……」

ぼろぼろと涙がこぼれた。

「学校で、嫌なこと言われたのか」

「……違う」

芽以は、手でごしごしと顔をこすった。

「嫌なことなんて、別に言われてない。みんな、やさしかった。すごいって言ってくれた。おいしそうって」

「そ、そっか……。じゃ、なんで……」

「すごいよ、お父さんは、すごいよ、ほんとすごいって、私も思う。わかってる」

「うん、実はな、父さんも、自分はすごい、がんばってるって思ってた。でも、そう思われるようなことをわざわざアピールするってどうだろう、ってことだよな。いや、これでも、人に褒められると、がんばれる気がしてたんだけど、そうだな、やっぱ、弁当もプライバシーの一つだからな、勝手に載せてたのは、悪かった。ほんと悪かったよ」

「謝らないでよ」

「え?」

「悪かったって、言わないで」

「う……」

「悪かった」を封じ込められた父親が、言葉につまった。芽以は、父親を追いつめてしまったような気がして、胸がちくりとした。

「そんなこと言われても、だよね。でも、お父さんに謝ってほしいわけじゃない。謝られても、私、困る」

「困る……？」

「今日、お弁当食べてるときに、あのブログと同じ弁当だってことを言われて、だから、うちがお母さんのいない家だってこともわかって、それがなんか私、すごく嫌だなって思って、学校を飛び出して帰ってきちゃったから、みんな心配してLINEとかくれて、謝ってきてるみたい。それが、辛い。別にクラスの子だれも悪くないし。私が一人で怒って、空気悪くしただけだし。だからもう、LINE見るの怖い。さっきからずっと開けない。そしたらなんか、泣けてきた。何これ。なんなのこれ。もうなんだかよくわかんないよ、わかんなすぎて、笑える」

芽以は涙を流しながら、ははは、と空々しい笑い声を漏らした。

「つまり、その、あれだ。とにかく、特別扱いしてほしくないってことだな」

芽以は父親の言葉に、はっとしたように目を見開き、こくりと頷いた。

「そう。誰にも、私のこと特別だって思ってほしくなかった。だって、だって普通のことだもん、私にとっては、全部」

そう言いながら、涙がすうっと引いてくるのを、芽以は感じた。

「じゃあ、どうしたらいいんだろうな」

「うん……」

「芽以の普通が、他の子たちにとっては、ちょっとだけ普通じゃないんだ。でも、芽以が自分の普通を理解してほしいなら、その子たちの普通を、芽以も理解してあげなくちゃいけないんじゃないかな。それぞれの〝普通〟が同じじゃないから、それぞれが素敵に見えるっていうのも、あるだろうしさ」

「……うん。やっぱ……お父さん、すごい」

「いや、まあ、長いこと大人やってるからな」

「お父さんがシングルファーザーになったのって、何歳？」

「二十七歳だね」

「若っ」

「若かった。でもさ、お母さんが命がけで残してくれた芽以は、めちゃくちゃかわいかったから、思い切りがんばれたよ。若いからこそがんばれたのかもしれない。芽以のためにしてあげたいことを覚えるのは、実はすごく楽しかった。料理とか、化学実験と同じだなと思ってさ。ほら、もともと理系だからさ。料理とか家事とか、実験みたいなものだよ。ブログで実験の成果を自慢してるだけ。その意味では、芽以が言うみたいに普通の人と同じ」

「うん」

「でもあれだな、シングルファーザーという付加価値を付けて同情を引いたうえでの自慢っていうのが、嫌な感じだよな、考えてみれば」

「だけど、よく考えてみれば、それはほんとのことだから、堂々としてていいんだよ。そうだよ。なんでこれまで私、堂々とできなかったんだろ。こうやってお父さんと二人でちゃんと生きてること、すごい自慢なのに」

「そうだ、自慢しよう、堂々と、普通に」

「うん、普通に……。って、なんだろ、普通って、バカみたい……。もういいよ、お父さん」

「もういい？」

「もう、がんばらなくてもいいよ、私のために」

「え……？」

「って、私が思うことにする。ずっとお父さんは私のためにがんばってくれてるんだって思ってきた、その私の気持ちが息苦しかったってこと。みんなが自分のために気を遣ってくれてるって思ってしまう自意識過剰な気持ちが重かったってこと」

「ほう、なるほど」

「だからいいよ、ブログ、続けなよ。私、お父さんのこと、承認欲求高めの蘊蓄好きな自慢おじさんって、気楽に思うことにするから」

「ずいぶんな言われようだなあ。よし、そうとなったらこれからも遠慮なくウザめにやらせてもらうことにする。さて、今日は、明日の弁当のおかずにも使える鶏そぼろをこれから作るんだが、よりきめの細かいそぼろを作るには、弱火でじっくり炒めるのが肝心なんだ。何しろ肉のたんぱく質は五十度くらいで固まりはじめるからな」

「わかった、今日は私もそれ手伝う！　でもその前に、制服、着替えます！」

芽以は元気よく片手を上げた。

なんで？

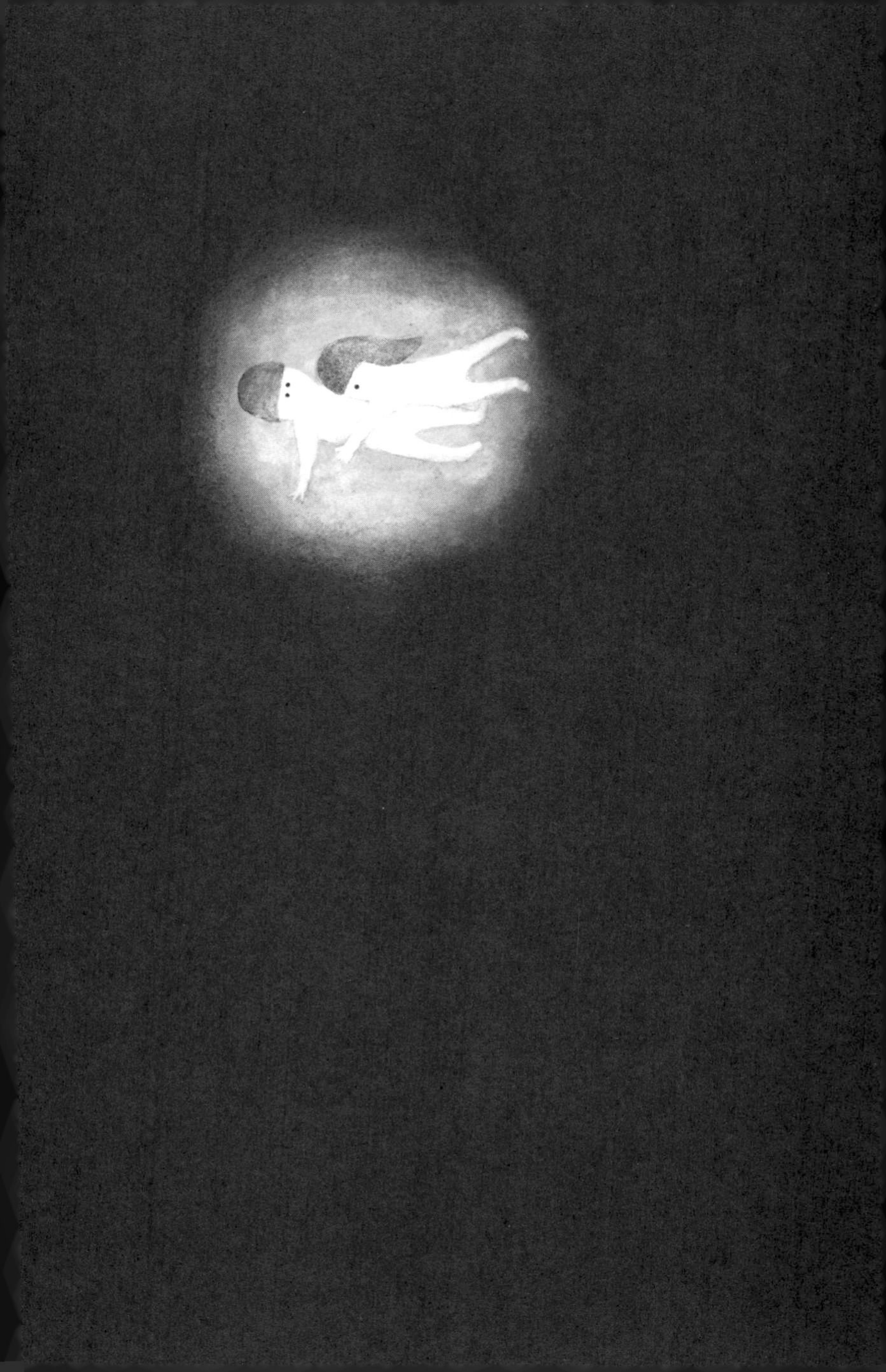

意識がふっと戻った理名は、ほのかなあかりの中でゆっくりとまばたきをした。うす暗い部屋の大半を占めるダブルベッドの上に、服を着たまま仰向けに横たわっている。

ここはどこ？　とぼんやりと思った後で、すぐにここに至るまでの記憶を取り戻し、ああ、と声を漏らした。

「眠っちゃったんだ」

枕元に置かれたスマートフォンを引き寄せ、時間を確認した。午前二時二十分。部屋を見回し、自分以外、部屋に誰もいないことがわかると、「どういうこと？」と低い声でつぶやきながら起き上がった。

（もう、来ないってこと？）

いらいらした気分が込み上げてくるのを感じながらインスタグラムを立ち上げ、ＤＭを確認した。新しいメッセージは何もなかった。

（連絡くらい、してよ）

さらにいらいらしていると、ＬＩＮＥには新しいメッセージが届いているのに気づいた。長い間しずまりかえっていて、その存在をほとんど忘れかけていた会社の同期のグループＬＩＮＥに、誰かが新しいメッセージを書き込んでいたのだ。

〈本日、矢崎（やざき）課長が脳内出血で亡くなられたそうです〉

目に飛び込んだ一文に、理名は眠気が一気に吹き飛び、血の気が引いた。この矢崎課長と、今夜ここで会うはずだったのだ。

「うそ……」

ＬＩＮＥには、すでに驚きや悲しみのコメントが連なっていた。〈信じられません〉〈突然すぎてびっくりしました〉〈悲しすぎます〉〈奥様とお子様が可哀想です〉〈嘘だと思いたいです〉〈残念でたまりません〉〈ご冥福をお祈りします〉……。薄闇に青白く灯るスマートフォンの画面が表示するその数々のコメントには、悲しみを表現する絵文字も交じっている。理名はそのコメントを、ひとつひとつ、声を出して読んだ。これが現実だと、自分に言い聞かせるように。

ふるえる指先で〈信じられません、本当に悲しいです〉と、自分も書き込んだ。書き込んだのちも指のふるえがおさまらなかった。ふるえは身体全体に広がっていった。理名は、ふるえる身体をなだめながら窓際に行き、遮光カーテンを開けた。シティホテルの十七階の窓に、夜景が広がっている。

深呼吸をしながら、まだ他にも起きている人がいるんだ、と理名はぼんやり思う。あかりが消えている窓の内側にいる人は、眠っているだけで、生きているのだろう。しかし矢崎さんは、もう目が覚めることはない。死んでしまった。

嘘だ、嘘だ、嘘だ、嘘だ、嘘だ……。

頭の中でその言葉ばかり繰り返しているうちに、空が白々と明けてきた。茫然自失の理名にはおかまいなしに、新しい朝はやってきたのだ。

家庭のある矢崎と独身の理名との関係は、誰にも知られないよう、慎重に逢瀬を重ねてきた。ポップアップ通知が出たりなどして危険なＬＩＮＥでのやりとりは避け、インスタグラムで鍵付きのアカウントを取得してお互いだけをフォローし、そのＤＭで連絡を取り合っていたのだ。付き合いはじめた頃はレストランなどで待ち合わせをしていたが、常に周囲の目を気にしなければいけない緊張感が煩わしく、いつしか直接ホテルで待ち合わせをするようになった。性的な交わりだけが目的の関係みたいで虚しくもあったが、部屋の中の二人はこのうえなく親密で、気持ちも身体もぴったりと寄り添っていた。その秘かな世界の濃密さが、理名の心に特別な快感をもたらした。

それが、突然、強引に、圧倒的に、絶対に元に戻ることのない形で断ち切られてしまった。

その日、ホテルからどうやって家に帰ったのか、理名は全く覚えていない。

翌日、社員の一人として矢崎の葬儀に参列しながらも、理名はまだ現実を受け止めることができないでいた。祭壇で穏やかな笑顔を浮かべている矢崎の遺影が、ひたすら遠かった。

葬儀の最後に、喪服姿の矢崎の妻が気丈に喪主の挨拶に立った。厳かな斎場に静かな声が流れる。片方の手で幼い女の子の手を握っている。その女の子のもう片方の手を、小学生くらいの男の子が握っている。この女の子の兄なのだろう。

矢崎から子どもがいるということを聞いてはいたが、性別や年齢を知らなかった理名は、こういう組み合わせだったんだと新鮮に思いつつ、映画館で映像でも見ているように、彼らを眺めた。

あの人たちは、まぎれもなく彼の家族なのだ。つまり公式の関係だ。戸籍に、住民票に、しっかりと登録されている正式な家族なのだ。誰に遠慮することもなく、堂々と明るい光のさす道を、なんの憚りもなく一緒に歩いてきた、世の中に認知された家族なのだ。

それに比べて自分たちの関係は、非公式、秘密裏、闇だった、と理名は思う。この関係は、自分たち以外誰も知らない。どこにも属さず、他の誰とも交わらず、空中にぽっかりと浮いているようだった。こうして片方が死を迎えて終結し、一度も日の目を見ることなく、この世になかったことと同じになる。

写真の一枚も撮らなかった。二人きりで過ごした時間の記録は、何もない。幻を見るように眺めていたあの家族の方が確かな現実で、濃密だと感じていた私たちの時間の方が、幻なのだ。
とめどなく涙が流れるのを感じつつ、理名の身体も気持ちも、ひたすら冷えていった。

葬儀を終えて帰宅した理名は、玄関先で母親に清めの塩を撒(ま)いてもらった。塩を撒いてもらいながら、見慣れた玄関をしみじみと見つめた。理名はこの家で、物分かりがよくて穏やかな両親と一度も離れることなく、ずっと一緒に暮らしてきたのだ。

荷物を置くと風呂場に直行し、喪服のワンピースを脱いだ。くしゃっと丸めて「おしゃれ着」と手書き文字のラベルがある籠の中に投入する。ここに入れておけば、おしゃれ着用の洗剤で洗うか、クリーニングに出すかを母親が判断して、対処してくれる。自分はつくづく甘やかされている、と理名は思う。

母親が沸かしてくれた湯に、理名は疲れ切った身体を沈めた。ひざを抱えて湯に浸かったまま身動きもせずにいた。両親がいる居間から、ときどき笑い声が漏れてくる。お笑い番組でも見ているのだろう。テレビの中から放たれる笑い声と両親の声がブレンドされ、薄暗い風呂の浴槽に座る理名の耳にもわもわと届く。

自分は、波打ち際の流木のようだと理名は思う。陽光に輝くすべての幸福は海の向こうにあり、自分とは無関係だ。でも、波打ち際を散歩する両親は、この流木に目を留めてくれる。ときに拾ってなでてもくれる。なんて、ありがたいんだろう。こんなに落ち着く場所はない。

そんなことを思いながら、理名はさめざめと泣いた。

矢崎の葬儀で現実をつきつけられた理名は、これまでの熱情があっけなく鎮(しず)まっていくのを感じていた。最初から居場所のない恋愛だったのだ。悪い夢から覚めただけだ。彼は、ただの、会社の上司。他人の関係でしかない人間だったのだ。自分に言い聞かせるようにそう思う。

「理名ちゃん、大丈夫?」

母親が、半透明の風呂のドア越しに話しかけてきた。理名の極端な長風呂を心配したのだろう。

「あ、うん、大丈夫だよ。なんかぼうっとしちゃってた」

「寝てるのかと思った」

「あはは。そんなことないよ」

理名はつとめて明るい声で答えた。


「たいへんだったわねえ、突然で。課長さん、まだお若かったんでしょう」

風呂上がりの理名がダイニングテーブルにつくと、母親が冷たい麦茶をガラスコップに入れて出してくれた。ガラスコップには、スズランの花の絵が描いてある。理名が物心ついたころからずっと使っているものだ。

「うん、四十四歳。ほんとに、びっくりした」

スズランの花の絵を指先でなぞりながら、理名が答えた。

「まあ、なんてこと。お仕事のしすぎだったのかしらねえ。お子さんも、いらしたの？」

「いるよ、二人」

「どのくらいなの？」

「えっと、詳しくは知らないけど、小学生と幼稚園くらいかなあ」

「そうなの。まだ小さいのねえ。奥様、ほんとにお気の毒。ねえ」

母親が、横に座っている父親に話しかけた。数独を解いていた父親は促されて、あ、ああと言いながら顔を上げた。

「そうだな。働きすぎはよくないな。理名も、気をつけるんだぞ」

黒縁眼鏡の奥のやさしげな父親の目を見ながら、理名は、うん、と素直に頷いた。

「そうよね、理名ちゃんもずっと忙しそうだったもの。出張も多いし」

「あ、うん。出張は……そうだね、でも、これからはちょっと減る、かも」

「あら、そう？」

「うん。部署がね、替わりそうで」

「そっちの方が楽なの？」

「そうね、たぶん。これまでより、早く帰れるようになると思う」

理名は、意識して笑顔を作った。両親に何度も伝えた「出張」は、もちろん矢崎とホテルで会うための方便だった。外泊するたびに連絡しなくてはいけない点は少し面倒だと感じていたが、家事全般をやってもらえる気楽さは捨てがたかった。

　矢崎が亡くなった今、もう「出張」の嘘を重ねる必要もなくなった。純朴な両親に道ならぬ恋のための嘘をつくたびに胸の奥がちくりと痛んでいたので、その必要がなくなったことに、安堵する自分もいた。

「仕事が楽になるのはいいことだな。女の子は特に身体をいたわってやらないとな。いずれ子どもを産む身体なんだから」

　父親の話が思わぬ方向に飛んで、理名は戸惑う。

「で、いくつになったんだ？」

「いくつって、私？　二十七だけど」

「そうか、二十七歳、か。じゃあ、お母さんが理名を産んだ歳だな」

「そっかー、それはすごいね、お母さん」

　母親が自分を産んだ年齢はじゅうじゅう承知しているし、子どもを産む系の話はご遠慮願いたいと思いながら、ちらりと母親の顔を見た。母親は神妙な顔つきだった。

「別にすごくはないわよ。二十七歳なんて、私の友達の間では、ちょっと遅いくらいだったのよ。田舎だったから」

　しまった、話がどんどん気まずい方向に流れている、と感じた理名は、退席しようとして、コップに残っていた麦茶を飲み干した。空になったコップを置いたその手に、母親の手が置かれた。

「だからね、理名ちゃん、いい話があるのよ」

「いい話？」

「今、お付き合いしている人、いないんでしょ」

「いない、けど」

「だったら、お見合いしない？」

「お見合い⁉　やだよ、そんなの」

「あ、あのね。お見合いっていっても、そんな堅苦しい話じゃないの。マキちゃんの知り合いでね、マキちゃんって、知ってるでしょう、お母さんの高校時代のお友達のマキちゃん」

理名は無言で頷いた。

「そのマキちゃんの知り合いでね、結婚したいけど彼女さんがいなくて、でもとってもいい人がいるんだって。一度、お茶でもどうですかって」

「いや、そんなの……」

理名は、制するようにてのひらを母親に向けた。

「お茶飲むくらい、いいんじゃない？　写真も送ってもらったの。一枚だけだけど、えーと……」

母親がスマートフォンを操作して写真を一枚開いた。青い縞のポロシャツを着ている髪の短い男の写真が、理名の目の前に差し出された。

「どう?」

「どうって……」

「私たちの時代は専用の台紙に入れたお見合い写真を使ったものだけど、今はこうなのねえ。とにかく、どう? 一度会ってみない? 悪い人じゃなさそうじゃない」

「悪い人じゃない」という理由で、結婚ってするものなの? と理名は反論したかったが、口にはしなかった。

この毛量の多そうな人と同じ家の中でずっとずっと一緒に暮らす?

なんの話をするのか、どんな生活を送るのか、まったく想像がつかなかった。気詰まりしか感じない。理名はどんよりとした気持ちになったが、母親の期待を込めた笑顔に気圧され、無下には断れなかった。

「……まあ、考えとく」

「あら、そう? 前向きに……?」

「いや、正直、ちょっと……」

「そうなの? 嫌なの? まあ、この人のことは、別に断ってもかまわないんだけどね。でも、お母さんは心配よ、理名ちゃん」

「心配？」

「あっという間に、三十歳になっちゃうわよ」

「三十歳になっちゃったら、いけないの？」

「独身のまま三十歳になっちゃうわよ、ってこと」

「独身のまま三十歳になっちゃいけないの？」

「いけないってこともないけど、ねえ、お父さん」

「そうだな」

父親は数独の本を閉じ、黒縁眼鏡の傾きを直した。

「真剣に結婚を考えていい年齢だってことは、理名自身もよくわかっているだろう？」

「そりゃあ、考えないこともないけど……」

もちろん、結婚という二文字のことは、考えている。考えない日はないといってもいいくらいだ。友達の間でも、会社でも、恋愛と結婚の話は常に話題にのぼる。ときおり、自分に話が振られる。そういう時に問われる内容は、ほぼ同じだ。

理名は結婚しないの？　いい人いないの？

この文脈での「いい人」は、結婚するのにいい人、である。矢崎とは約三年付き合っていたが、結婚できる相手ではない。だから当然「いないよ」と答えざるを得なかった。すると、「なんで？」と言われる。「なんで」も何も、いないからいないだけだ。

「あのね、理名ちゃん」

母親が、父親の方を目配せするようにちらりと見てから、話を続けた。

「食費と家賃ってことで、毎月理名ちゃんが家に入れてくれてるお金、あるでしょう。あれね、実は全然使ってなくて、けっこう貯まってるのよ。それ全部、結婚のときに持っていっていいからね。お祝いはまた、別にあげるから」

「そ、そんなの、生活費なんだから使ってくれてよかったのに」

「いいのよ、お母さんたち、それでやってこれてるんだから」

「私、この家、出なきゃダメ?」

「別に追い出したくて言ってるわけじゃないのよ。理名ちゃんにも一日も早く幸せになってほしいと思ってるだけ」

ああついに、と理名は思った。どこかの安いドラマに出てくるような凡庸なセリフが自分の母親の口からこぼれるのを聞いてしまった、と。世間一般に、結婚イコール幸せという安易な図式があるのを感じてはいたが、まさか自分の親が、なんのてらいもなくそれを口にするとは。

しかし、自分の状況がそれを言わせたのだ。今こそ本当に思っていることを言うべきなのかもしれない。

「私、今でも幸せだよ。この家に生まれてきて、二十七年も生きてこれて、ずっと、幸せだったよ。この家の子どもでよかったって、思ってる」

自分の言葉に、両親の顔がふっと明るくなったような気がした。

「だから、ずっとこの家にいたいと思う。お父さんとお母さんと、死ぬまで一緒に暮らしたいって思う。それは、ダメな考えなのかな」

父親と母親が顔を見合わせた。二人とも困惑の表情を浮かべている。

「そりゃあ、お父さんも、理名とずっと一緒にいたいと思ってるよ。理名は、いい子だからな」

「それはお母さんも同じよ。でも、それでいいの？　お父さんとお母さんが理名ちゃんと一緒にいたいって思っているから、ずっと一緒にいてあげなきゃって思ってるんじゃないかって、心配してるの。理名ちゃん、やさしいから」

「やさしい……からなんかじゃ、ないよ。ただ、本当にそう思ってるだけ」

理名は、力なく微笑んだ。母親はかすかに口を開いて何か言いかけたが、言葉がみつからなかったらしく、口をつぐんだ。

――君は、いい家庭で育ったんだね。

なかなか眠りにつけずにいる理名の脳裏に、矢崎の言葉が浮かんできた。両親とのエピソードを具体的に聞いたからではなく、普段の理名の言動から推測して感じたことだと言った。自分の育った家庭が「いい家庭」だったかどうか、理名は考えたこともなかったが、改めて振り返ってみると、両親への不満はなく、そうだ自分はいい家庭で育ったんだ、ラッキーだったのだと心から思うことができた。矢崎の言葉で、今自分がこの世に生きていることを全面的に肯定してもらえたような気分になった。

相手の心の中の無意識なままの部分を敏感に感じとって、褒める。矢崎のさりげない言動に潜む力が、理名の心を繋ぎとめていたのかもしれない。

矢崎が、自分の育った家庭はよかったとはいえない、と言っていたことも理名は思い出す。詳しいことは話したがらなかったので実際にどんな家庭だったのかは知らないが、誰にでも細やかに気配りができるのは、気配りしながら生きていかざるを得なかった子ども時代の名残りなのかもしれない、と理名は思った。そのときに生まれた軽い同情のようなものも、理名を矢崎に縛りつけていたのだった。

矢崎が言うところの「いい家庭」で育った自分が、矢崎の「家庭」にとっては悪になっていたのは、皮肉だと思う。誰にも知られないように細心の注意を払ってはいたが、彼の家庭にも謎の「出張」を頻出させ、その「出張」の間、矢崎は、夫の心にも、父親の心にも蓋をして、他人である私と睦み合っていたのだから。

理名は、今日遠くから見た矢崎の家族の顔を思い出すことはできない。うしろめたさからか、その顔を正視することができなかった。覚えているのは、妻の手とその手を握る女の子の手、そしてその女の子の小さな手を握る男の子の手である。いずれも白くてやわらかそうな手だった。矢崎が公式に愛すべき人たちの手だ。

この一家にひどいことをしていたのだと、理名は痛感した。そんな感情は初めて生まれた。これまでは、矢崎の家族に対して何の感情も抱いていなかった。自分の中で存在しないことになっていたのだ。

でも、今は、知ってしまった。理名の胸に、じわじわと罪悪感が込み上げてくる。自分と付き合うことが、矢崎の寿命を縮める要因になっていたとしたら……。

理名の身体がふるえた。私は一生この罪悪感を抱えながら生きていくことになるのだろうか。もしも両親が勧めるように新しい家庭を持ったとしても、自分の夫となった人が秘密の「出張」に出かけないとも限らないし、自分だってまた気持ちがふらふらとして「出張」しないとも限らない。そのたびに、この底知れない罪悪感が蘇ることだろう。新しい家族を作るなんて、怖い。

ここにいたい。ここから出たくない。ずっとこの家にいたい。外に出たくない。それの何がいけないの。この家が、家族が何より好きなんだし、いいじゃないか。私は、誰がなんと言おうと、ここにずっといる。

理名は、蒸し暑い夜なのに夏布団をすっぽりと頭からかぶり、嫌な汗をかきながら、目をかたく閉じた。

ワタシハ、ココニイタイ。ワタシハ、ココニイタイ。ワタシハ、ココニイタイ。

小さな声で、呪文のように何度も唱え続けた。

つれていって

アスファルトの道はしっとりと濡れ、街路樹は透明な水滴をたたえている。ふと顔を上げた千夏はまぶしさに顔をしかめる。空は明るいが、千夏の心は晴れない。行くべき所はどこにもないのに、ふらふらと歩かずにはいられなかった。

信じられない……。ほんとに、信じられない。昨日まで普通に働いていたのに、こんなことが現実にあるなんて。昨日と今日が、こんなにも繋がらないことが起こるなんて。明日を、こんなにも突然に失ってしまうことが、あるなんて……。

雨上がりの街をあてどもなく一人で歩いているうちに、急な上り坂にさしかかった。千夏はかまわず上っていった。

坂道にしがみつくように、小さな家がひしめいていた。人通りの少ない細い道は、不思議な角度の分岐があったり、行き止まりになっていたり、複雑に入り組んでいる。千夏は、街の迷路に深く入り込んでいると思いながら、倒産、という二文字が頭の中にぼうっと浮かび上がってくるのを感じていた。

自分は仕事を失う。とつぜん無職になる。そう思うときゅっと胸がしめつけられるように痛くなる。でも失業保険も出るだろうし、貯金だって少しはある。やりかけの仕事が気になるが、差し押さえ中の会社のパソコンは使えず、今は何も手を出せない。こんなふうに意味もなく知らない街を歩くようなことしか、今の自分にはできないのだ。何もできないというこの状況に開き直るしかない。人生の途中で、突然夏休みが降ってきたのだと思うことにしたい。

千夏は立ち止まって軽く目を閉じ、ゆっくりと深呼吸をした。

「わたしを一緒につれていってください」

唐突に声が聞こえて千夏が目を開けると、おばあさんが一人、目の前に立っていた。小柄で瘦せていて、綿菓子のようなふんわりとした白い髪が明るい陽を浴びていた。つぶらな黒い瞳が、まっすぐにこちらを見ている。

「一緒につれていってください」

おばあさんがまた同じことを言った。

「え？」

千夏が意味がわからず戸惑っていると、「わたしをつれていってください。つれていってもいいということになっています」とおばあさんは続けた。

千夏は、そんなこと言われても、と思いながら、おばあさんの同行者がどこかにいないかあたりを見回したが、自分たち以外誰もいなかった。どうしたものかと千夏は戸惑い、目を泳がせたが、おばあさんは少しも惑うことなく、その黒糖の飴玉のような瞳でじっとこちらを見上げている。信頼を寄せる母親の指示を待っているときの子どもの無垢な表情のようだと思う。

このおばあさんはつまり、認知症と呼ばれる状態なんだろう。一人でふらふらと家を抜け出して彷徨しているのかもしれない。ならば、交番につれていってあげるのがよいのかな。

千夏はあたりを見回したが、交番らしいものは見当たらない。

「え、えーと……」

千夏が声を出すと、おばあさんの目が期待できらりと光った、ような気がした。千夏は、このままこの人を交番につれていくのは、なんだか気がとがめてきた。

「私、大林（おおばやし）千夏と申します。あなたのお名前を教えていただいてもいいですか？」

おばあさんは、首をかしげた。

「わからないですか？　おうちは、この辺ですか？」

また首をかしげた。

「えっと、では、住所を教えていただきたいのですが」

さらにきょとんとした顔で、また首をかしげた。

「一緒に、おうちに帰りましょう」

おばあさんは、首をぶるぶると横に振った。

「おうちに、帰りたくないんですか？」

こっくりと頷いた。

「そうですか……」

おばあさんは顔を上げて、千夏の目をまっすぐに見た。

「じゃあ、どこか行きたい場所って、ありますか？」

おばあさんは目を見開き、まばたきを何度もした。それから眉間に皺を寄せてうつむき、そのまま数秒かたまったのちにゆっくりとてのひらを合わせ、目を閉じた。

「ん？　お祈りですか？　お祈りがしたいということでしょうか？　えっと、じゃあ、その、お祈りができる場所に、行きましょうね」

おばあさんは、目を開けて頷いた。

「ちょっとお待ち下さいね」

千夏は、スマートフォンの地図アプリを立ち上げ、現在地を確認すると、近隣の神社仏閣を探した。

「ああ、お寺が一つ、近くにありますね。わりと規模も大きそうだし、お参りできると思います。じゃあ、こちらへ」

千夏は寺のある方を指さして歩き出したが、おばあさんはその場にとどまったまま動かない。自分の言っていることが全く理解されていない可能性を感じて、その手を握った。おばあさんの小さな手は乾燥していて、少しざらざらしていたが、てのひらはつきたての餅のようにやわらかかった。

おばあさんは、千夏が手を握ると、はっとしたような表情を一瞬見せて軽く握り返したあと、千夏の方を振り向いてにっこり笑った。その笑顔を見て、なんてかわいい、と千夏は思う。その手をぎゅっと握って、歩き出した。

やっと寺を見つけ出して「ここです」と声をかけて境内に入り、まず本堂にお参りしようと千夏が先に本堂に近づき、後ろを確かめると、おばあさんがいなかった。境内に入ってすぐのところで立ち止まり、小さな地蔵に向かって頭を下げ、目を閉じて手を合わせていたのだ。

赤いよだれかけをつけた地蔵の前で、カラフルな風車が気怠げに回っている。水子供養のための地蔵だった。こんなに熱心にこの地蔵にお祈りするのは、このおばあさんの過去に何かがあったということだろうか。胸がざわざわしてきた。

白いふわふわの髪の老婦人が、目を閉じててのひらをきっちりと合わせて一心に祈る姿は、現実の社会から隔絶された世界に佇んでいるような、どこか神聖な気配を纏っていた。自分の名前がわからなくても、家がどこにあるのかわからなくても、このおばあさんが「祈る」という行為を決して忘れていないという事実に、人間が根源的に宿している善きものを見たようで、胸がじわりとあたたかくなった。

この人が気の済むまでお祈りをさせてあげよう、と千夏は思う。自分には今、たっぷりと時間がある。すべての仕事の予定が消滅した。その代わりに、今この人を見守るためにここにいるのだと思えば、重く垂れこめた黒雲のような気分がやわらいでくる。

自分も、祈るという気持ちを忘れずに老いていくことができるだろうか。千夏は、今まで考えもしなかった自分の老いた姿を初めて具体的に想像し、少し切なくなった。

おばあさんが合わせていた手をゆっくりと離し、両手をだらんと下げた。お祈りが済んだらしいその手を、千夏は再び握った。

「本堂にもお参りしましょう。お賽銭は私がサービスさせていただきますね」

サービスって……。自分の口からとっさに出た言葉に自分でウケて、笑いそうになった。


「さて、どうしましょうか」

お参りを終えて寺から出ると、再び千夏は途方にくれた。と、おばあさんがぶつぶつと何かをつぶやいている。耳を澄まして聞いてみると「〇〇区、△×町二丁目……」と、住所らしきものを繰り返しているようだ。

「あ、ちょっと待って下さい、もうちょっとゆっくり言ってもらえますか?」

千夏がメモを取り出す間も、おばあさんは住所をつぶやき続けた。千夏はなんとかそれを聞き取って地図アプリに入力した。

「よかった。おうち、わかりそうです。ここから歩いて十五分くらいですかね」

千夏は明るく話しかけたが、おばあさんは真顔のままだった。そしてどこか遠くを見据えて

「セツ」と口にした。

「セツ？」

「セツ」

おばあさんはもう一度強く言うと、右手を胸に当てた。

「お名前がセツさんっておっしゃるんですか？」

「セツ、と申します」

おばあさんはゆっくりと言い、初めてにっこりと笑った。きっと今、自分がセツという名前であることを、しっかりと思い出したのだろう。

「セツさん、もう大丈夫ですよ。一緒に行きましょう、セツさんのおうちへ」


地図アプリに道案内をしてもらってたどり着いたのは、路地の奥にひっそりと立つ、一軒の古い民家だった。セツが口にした住所と一致しているかどうか千夏が確認していると、セツはためらいなく門の中に入っていった。そのまま玄関の引き戸を開けようとしたが、鍵がかかっていて、開かないようだった。セツはどんどんと戸をたたいた。

「おばあちゃん！」

家の中からではなく、背後から声が聞こえた。振り向くと、おかっぱの小学五年生くらいの女の子が一人、立っていた。セツにぐいぐい近寄りながら「もう、勝手にどっか行っちゃダメだっていつも言ってるよね。捜してたんだよ」と、ちょっと怒ったような声で言った。

「あの」

「あ、はい」

「お孫さん、ですか？」

「はい、そうですけど……。あ、ここまでおばあちゃんをつれてきてくれたんですね、たいへんありがとうございます」

女の子はぺこりと頭を下げた。丁寧な物言いをする子どもだと千夏は思った。

「えっと……」

「なんですか？」

女の子の厚く切りそろえられた黒い前髪の下の目は、きりっとして凛々しかった。

「おばあちゃんにね、さっき〝わたしを一緒につれていってください〟って声をかけられたの、それで」

「おばあちゃん、もう、わかんなくなってるから。ご迷惑をおかけしました」

女の子はまた頭を下げた。ずいぶん大人びた言い方をする子だな、と千夏は思った。

「いえ、迷惑だなんて、なんだか、楽しかったです」

「楽しかった？」

女の子の横で、セツが口を大きく開けてうれしそうな顔をしていた。

「確かに、おばあちゃんも楽しかったみたいです。ありがとうございました」

女の子は、先ほどよりも深く頭を下げるとポケットから鍵を取り出し、戸を引いて、セツに中に入るよう促している。

「もしかして、いつもあなたが一人でおばあちゃんの面倒を見ているの？」

「……お父さんもお母さんも働いているから。私が学校行っている間は、別の人が見てくれてるけど、帰ってきたら、見とくように言われてる」

「そうなんだ」

女の子は会話を途中で止め、唇をきつく閉じ、うつむいた。認知症が進んできた老人をこんな小さな子どもが一人で面倒を見るのは、心身ともに大変すぎるのではないかと千夏は思った。自分がこのくらいのころは、友達とのんきに遊ぶこと以外何も考えていなかったように思う。

セツが、突然くるりと振り返って千夏を見た。

「あんた、誰？」

「あ、その、さっきつれていってくださいと言われたので」

最初に会ったときのように期待を込めた目をして千夏の方に近づこうとしたセツを、女の子が引っぱった。

「おばあちゃん、ダメだよ。この人は今、家につれて帰ってくれたんだよ。さあ、早く家に入って」

女の子に促されて、セツは家の中に入っていった。

「ちょっと前まではお菓子くれたり、ご飯食べさせてくれたり、私が面倒見てもらってたんだけどね」

女の子が、へへっとかすかに笑った。千夏はなんと声をかけるべきか、言葉に迷った。

「あの、あのさ、袖振り合うも多生の縁、なんて言うでしょう」

「なんですか、それ」

「こう、擦れ違いざまに袖が触れ合うみたいに偶然知り合った仲でも出会ったことに意味があるかもしれない、というような意味でね、まさに今、その、〝袖振り合う縁〟ができたと思うんだよね」

「そう……ですか？」

「そう。あのね、今日、私の会社、倒産したの」

「とうさん？」

「会社がつぶれたってこと」

「えっ」

「だからね、私、仕事がなくなって、暇なの。何かあったら力になるから、なんでも言ってね。暇な大人には、子どもは、どんどん頼ってあげた方がいいんだからね」

女の子は、突然の千夏の申し出にあっけに取られたようだったが、思い当たるものがあったようで、真剣な眼差しになり、「じゃあ、助けて下さい、今」と言った。

「今？」


女の子の家に上がると、セツは仏壇のある部屋の畳にころんと寝ころんで、すでにすうすうと寝息をたてていた。女の子は慣れた様子で、眠っているセツに薄い布団をふわりとかけた。

千夏がそばに座ってその寝顔を眺めていると、女の子が「これ」と言って、一枚の紙を出した。「ろう読カード」というタイトルの下に白川舞子（しらかわまいこ）と名前が書いてある。

「名前、舞子ちゃんっていうんだね」

「うん。おばあちゃんがつけてくれたらしいから、古っぽい」

「素敵な名前だと思うよ」

「ありがとう。実は、わりと気に入ってる」

「よかった。私は千夏。わりと気に入ってる」

千夏がそう言うと、舞子はにっと笑った。

「じゃあ千夏さん、私の朗読を聴いて、そこに丸をつけて下さい。学校の宿題で、朗読をちゃんと誰かに聞いてもらって、その人に聞きましたよ、という丸をつけてもらわないといけないから」

「なるほど」

「いつもおばあちゃんに聞いてもらってるけど、最近丸が上手に書けなくなってて、困ってたから」

「わかりました。舞子ちゃんの朗読、すごく楽しみ。何を読むの？　学校で何か決められてるの？」

「なんでもいいんだけど、今は、これを読んでる」

舞子が取り出したのは、宮沢賢治の『銀河鉄道の夜』だった。

「わあ、なつかしい。私も昔、夢中で読んだよ。きれいだよね、夜空をきらきら光りながら電車が走っていくのって」

「うん。お菓子みたいな鳥を食べるところが好き」

「あ、なんか、あやしい鳥捕りの人が出てくるんだよね」

「そう。すごくおいしそうなのに、カムパネルラは、これ鳥じゃなくてお菓子ですよねって、鳥捕りの人を疑うんだよね。そこが好き。カムパネルラと、私も一緒にどこかに行きたい」

「そっか……。そうだよね。カムパネルラは、とってもいい奴だからね。そういえば、ザネリってていたよね、いじわるな」

「うん。名前からして、もうなんか、いじわる」

「あはは、たしかに」

「この本、ずっと前から朗読してるから、今から読むの、だいぶ終わりのとこだけどいい？」

「もちろん！」

「じゃあ、読みます」

舞子は背筋をのばし、両手でしっかり抱えた本を読みはじめた。


「僕もうあんな大きな暗（やみ）の中だってこわくない。きっとみんなのほんとうの幸いを探しに行く。どこまでもどこまでも僕たち一緒に進んで行こう」

「ああきっと行くよ。ああ、あすこの野原はなんてきれいだろう。みんな集まってるねえ。あすこがほんとうの天上なんだ。あっ、あすこにいるの僕のお母さんだよ」

カムパネルラはにわかに窓の遠くに見えるきれいな野原を指して叫びました。


一緒に銀河鉄道に乗り込んだジョバンニとカムパネルラが、離れ離れになる直前のシーンだ、と千夏は思う。舞子の澄んだ高い声で聴く『銀河鉄道の夜』は格別で、一つ一つのセリフが切実な言葉として心に響く。

ジョバンニもそっちを見ましたけれども、そこはぼんやり白くけむっているばかり、どうしてもカムパネルラが言ったように思われませんでした。なんとも言えずさびしい気がしてぼんやりそっちを見ていましたら、向こうの河岸に二本の電信ばしらがちょうど両方から腕を組んだように赤い腕木をつらねて立っていました。

「何とも言えずさびしい気」が、千夏の胸の中にも広がっていく。

「カムパネルラ、僕たち一緒に行こうねえ」

ジョバンニがこう言いながらふりかえって見ましたら、そのいままでカムパネルラの座っていた席にもうカムパネルラの形は見えず、ただ黒いびろうどばかり光っていました。ジョバンニはまるで鉄砲丸のように立ちあがりました。そして誰にも聞こえないように窓の外へからだを乗り出して力いっぱいはげしく胸をうって叫び、それからもうのどいっぱい泣きだしました。もうそこらが一ぺんにまっくらになったように思いました。

カムパネルラが、突然銀河鉄道を降りて二度と会えない遠くにいってしまうシーンだ。千夏の中に何かが強く込み上げ、目からつーっと一滴涙が流れた。涙が流れるのに任せながら、舞子の朗読を聴き続けた。

ジョバンニはもういろいろなことで胸がいっぱいでなんにも言えずに、博士の前をはなれて早くお母さんに牛乳を持って行ってお父さんの帰ることを知らせようと思うと、もう一目散に河原を街の方へ走りました。

舞子は、「おしまいです」と言って、本から顔を上げた。千夏は涙をだらだらと流しながら、大きな拍手をした。

「え、千夏さん、もしかして泣いてるの？　おおげさじゃない？」

舞子が笑った。千夏も、こんなふうに泣いてしまった自分が恥ずかしくて、なんだかおかしくて、涙を流しながら笑った。笑いながら、「舞子ちゃんも、大人になったらわかるからね、泣ける気持ちが」と言った。「いや、ぜったいわかんないよ」と反論する舞子に、千夏はなおも「絶対泣くって。だって、〝僕たち一緒に行こうねえ〟って、言ってたんだよ、〝どこまでもどこまでも〟って。なのに」と言いながら、また泣いた。

「うそだ、そんなんで泣くとか……」と言いながら、千夏につられたのか舞子の目が潤み、ぽろりと涙がこぼれた。舞子は自分の涙に手で触れて、「うそ！　何これ！」と言いながら立ち上がった。「信じらんない」と言いながら、手に持っていた『銀河鉄道の夜』を高く上げた。

「僕もうあんな大きな暗の中だってこわくない。きっとみんなのほんとうの幸いを探しに行く。どこまでもどこまでも僕たち一緒に進んで行こう」

舞子は涙を吹き飛ばすように、ジョバンニのセリフをもう一度、力強く読み上げた。

ありがとうね

「よろしくお願いします」と言いながら頭を下げたあと、博之は心の中で「イチ、ニ、サン、シ、ゴ」とゆっくり数をかぞえた。そんなところまで見ている人はいないだろうけど、こうした方が念が伝わってうまくいくことが多いと、研修で会った先輩に教わって以来、それを守っているのだ。お辞儀の秒数を数えることで、自分の本気度を数値化できる、とも思えて気に入っていた。

顔をゆっくりと上げて、相手がすっかり遠ざかっているのを確認してから腕時計を見た。打ち合わせが思いの外早く済んで、この日の次の予定までかなりの時間がある。本日の光のある時間は、まだたっぷりあるということだ。こんなに余裕のある日って、何日ぶりだろう。胸の中にまで明るい光がさしこんでくるような気がした。駅前の様々なチェーン店の毒々しい色合いの看板や、ループで再生されている招客のための音声も、穏やかな気持ちで受け入れられる気がする。

いったん会社に戻れないこともないが、戻りたくは、ないな。

（久し振りに実家に寄って、お母さんに会っていくかな）

三年前に都内で一人暮らしをはじめた博之だが、その実家は今いる駅の隣だった。歩いていけなくもない。スマートフォンで電話番号を探した。

「もしもし、オレだけど」

「………え、は……？」

妙に戸惑った声が返ってきた。

「え、なんでそんなに驚いてんの？　いや、これ、オレオレ詐欺じゃないからね。博之だから」

「ひろゆき!?　ほんとにひろゆきなの!?」

「そんな驚かなくていいでしょ。正真正銘、オレ、博之だから」

「ほんと？　ほんとにひろゆきなのね。今、どこにいるの？」

「ああ、今、仕事でさ、隣の駅にいるんだよ。◯◯駅なんだけどさ、まだ次の仕事までだいぶ間があるから、ちょっとそっちに寄っていこうかなって思って」

「あら、隣じゃないわよ、うちは◯◯駅の方が近いじゃない」

「何言ってるの？　そんなわけないじゃん」

「そんなわけあるわよ、ひろゆきはほんとに……あ、ああ、ひろゆきくん!?」

「え、なに？」

「あ、ああ、そうか、ひろゆきくん、あなた、ひろゆきくんね」

博之は、自分の母親が急に変になってしまったのかと思った次の瞬間、あ、と声を上げた。

「あの、あなた、僕のお母さんじゃないですね」

「……まあ……そうね、そうなのかもね」

「そうなのかもねって……」

「そうだろうなあとは、思っていたわよ、うすうすと」

「すみません、僕、間違えてお電話してしまったみたいです、たいへん失礼しました。それでは……」

「え？」

「あ、ちょっと待って、あなた、ひろゆきくんでしょ、山本博之くん、でしょ」

なぜ名字までわかるのだ？　とぎょっとした。

「三年五組の。中学校のときの。ほら、私、そのときの担任よ。岡本よ」

「え、岡本って……、岡本先生!?　国語の？」

「そうそう、そうよ。覚えてくれてた？」

「そりゃあ、もちろん。先生の方こそ、よく僕を覚えてくれてましたね」

「当たり前よう。先生だもの。で、どうしたの？」

「あ、だからその、今実家の近くにいて、ちょっと寄っていこうかなと思って母親に電話をかけようとして……」

博之は、母親の電話番号を「お母さん」で登録していたため、「お」の行を探ったことを思い出した。「岡本先生」は、おそらく「お母さん」の一つ後にあり、押し間違えたのだろう。

「電話帳に登録してあった〝お母さん〟と間違えて〝岡本先生〟を押したみたいです……」

博之がそう言ったとたん、「あらやだ、あはははは」と、明るい笑い声がスマートフォンの向こうから響いた。

「ほんとにすみません」

「いいのよう、ほんとにー」

岡本先生が、笑いを押し殺すように言った。

「先生、博之くんから電話もらえて、すごくうれしい。卒業して何年になるかしらねえ」

「えっと……何年ですかね、今、二十五なんで……」

「二十五歳……。すっかり大人ねえ」

「いや、まだまだですよ、僕なんて」

「ねえ、〇〇駅にいるんでしょ。だったら、今から家に来ない？」

「え、先生の家にですか⁉」

「そうよ。駅にいるんだったら、ちょっと歩けば着くわよ。せっかくだからいらっしゃいよ。実家に立ち寄れるくらい、時間あるんでしょ」

「いや、そんな、急に……」

「間違い電話もなにかの縁よ。久し振りに博之くんの声聞いたら、とっても会いたくなっちゃった。先生ねえ、もう仕事も辞めちゃって、暇なのよ。今、一人なの。淋しいの。博之くんに会いたいわ。ぜひ来て。いろいろ話を聞かせてよ」

「いやあ、そのう……」

博之は、先生の強引ともいえる誘いに戸惑いながらも、中学校のときの岡本先生の笑顔を思い出していた。いつも穏やかに微笑んでいて、たとえ受験前のピリピリするような時期でも先生の担当する国語の授業は、リラックスして受けられた。いつか同窓会をしたときに呼べるように電話番号を登録していたのだ。たとえハプニングのような電話がきっかけだったとしても、今会いにいくのは悪いことではない気がしてきた。

「ね」

先生の少しハスキーな声が、博之の耳に甘く響いた。

「はい、じゃあ……お言葉に甘えて」

「わあ、うれしい。じゃあ、住所を言うから、メモしてね、えっと……」

先生の言う通り、その家は駅から十五分ほど歩いた静かな住宅街にあった。少しレトロな門構えの愛らしい一軒家に「岡本」という表札があった。呼び鈴を押すと、すぐに玄関の戸が開いた。中から出てきたのは、確かにあの岡本先生だった。

当時と同じショートカットの髪はすっかり白くなり、少し痩せたようにも感じられたが、柔和な笑顔は変わっておらず、博之は懐かしいようなあたたかいような気持ちが胸にじわりと広がるのを感じた。

「すっかり白髪のおばあちゃんになって、びっくりしたでしょう」

台所で紅茶を淹れながら岡本先生が少し大きな声で、リビングルームのソファーに座る博之に話しかけた。

「いえ……」

「あの頃も白髪はあったんだけどねえ、染めてたの。でも、もうめんどくさくなっちゃって染めるのをやめたの」

博之は、さっきの電話で先生が「今、一人なの。淋しいの」と口にしていたことを思い出した。

先生って、ずっと独身だったのかな。そういえばそういうことは訊いたことなかったな、と思いながらふと壁を見上げると、賞状が飾ってあることに気づいた。読書感想文のコンクールで優秀賞をもらったらしい。「岡本裕行殿」と書いてある。

「ああ、あれ」

紅茶を運んできた岡本先生は、博之が賞状を見ていることに気づき、息子のよ、とひとこと説明したあと、「飾れるものなんて、あれくらいしかないのよ」と言って目を細めた。

「息子さんも……」

「そう、ひろゆきっていうの。あなたとは字が違うけど。でも、そう、ああ同じ名前だなあって思ったからあなたのことをよく覚えていたっていうのは、あるわね。歳もね、同じなのよ」

「へえ、そうなんですか。今は……」

「あ、そうそう、うちの裕行は、今はここにはいないのよ」

岡本先生がにっこりと微笑んだ。世間話として息子さんが今はどこに住んでいるのか訊こうとしたが、「ああそうだ！」と岡本先生は大きな声を出してまた台所の方へ消えた。

「久し振りにうれしいお客さまが来ることになったからね、あわてて買ってきたのよ、ケーキを！　タクシー飛ばしちゃったわ。この辺、住宅ばっかりでしょ、いいお店が近いところにないのよ、不便なのよ。だからねえ、タクシーを呼んで」

そんなことをひと息に話しながら、生クリームのふっくらと盛られたショートケーキを運んできた。

「タクシーまで使わせてしまって、ほんとに恐縮です」

「いいのよ、それはこちらの事情なんだから、私が博之くんと一緒に食べたかっただけだから、全然気にしないで。このケーキはね、うちの裕行がとっても好きだったの。だからお口に合えばいいんだけど。ほんとにねえ、この辺は住宅街だからねえ、近いところにいいケーキ屋さんがなくってね、だからあわててタクシーを……って、あらやだ、なんだか同じことばっかり言っているわね、歳取るってやあねえ、あはははは」

明るい岡本先生の笑いにつられて、博之も笑った。

ふんわりとして甘いショートケーキを食べながら、中学校の頃の思い出話と、中学校を卒業してからのことを一通り話し、紅茶を飲み干すと、博之は急に猛烈な眠気に襲われた。昨日は深夜に帰宅したのに朝の打ち合わせのために早く家を出なくてはいけなかったので、三時間しか寝ていなかった。実家に連絡しようとしたのも、ちょっと昼寝させてくれるかも、と思ったからだった。ケーキでお腹もすっかりふくらんだ。なんという眠たさだ。まぶたが重く垂れ下がってくるとともに、大きなあくびが出た。

「あらまあ、博之くん、とっても眠そうねえ」

「あ、すみません……ゆうべあんまり寝てなくて」

「あらたいへん。忙しいのねえ。じゃあ、ここで昼寝していくといいわよ、どうぞ」

岡本先生はニコニコと笑顔を浮かべてそう言った。あまりの眠さにもうろうとする博之の頭に「昼寝」というワードが魅惑的に響いたが、ここは先生の家だぞ、と理性を司（つかさど）る脳がいましめてきた。

「そんな、とんでもないです、先生のお宅でいきなり昼寝なんて……」

「いいのよ、博之くん、全然遠慮なんかしなくていいの」

「あ、いや、でも、旦那さんとか……」

「いやだ、そんな人は、ここにはいないの」

「そ、そうなんですか……」

それって、離婚……？　死別……？　と、強烈な眠気の支配する頭で思いつつ、余計なことを訊いたな、と思った。

「ね、気にしなくていいの。畳の部屋に布団を敷いてあげるわ」

博之は「いや、布団なんて、悪いです」ともごもごと口にしながら、「布団」というワードがさらに誘導する強力な眠気に抗うことができなくなっていた。こっちこっちと自分を呼ぶ岡本先生を、ただぼんやりと追った。


なんだかいいにおいがする。そう思いながら、博之は目を開けた。自分がどこにいるのか全くわからなかった。見たこともない部屋で、見たこともない布団をかぶり、見たこともないパジャマを着ていた。

ビジネスーツとシャツがハンガーにかけられて、壁に吊るされていた。自分が着ていた物だ。

「なんで……」

頭を掻きむしり、間違い電話をきっかけに中学校の担任の岡本先生の家に来ていることをだんだん思い出してきた。部屋を見回すと、奥の方に仏壇があった。線香から細い煙が出ていた。その前に、一枚の写真が立て掛けられていた。Ｔシャツを着た高校生くらいの少年が白い歯を見せて笑っている。

「え、これって……」

博之がつぶやいたとき、「ありがとうねえ、ありがとうねえ」という声が聞こえた。ぴったりと閉じている障子の向こうから聞こえてくる。おそるおそる障子を開けると、岡本先生が腹ばいになっているのが見えた。ありがとうねえ、ありがとうねえ、とつぶやきながら、手に持った布で、一心に床を拭いている。

「岡本先生……」

博之がそっと声をかけると、岡本先生は手を止めて顔を上げた。

「ひろゆき……」

岡本先生は立ち上がった拍子に布を取り落とした。そのまままっすぐに博之に駆け寄って、がっしりと抱きしめた。「ひろゆき、ひろゆき……どこに行ってたの、待ってたんだよ、お母さん、ずっと、ずっと待ってたんだよ……」

博之は、岡本先生が自分の息子の裕行くんと自分を混同しているのだと瞬間的に理解した。仏壇の前に置かれた写真がその人で、もう、この世にいないのだと。棒立ちのままの博之に抱きついて、岡本先生は、しくしくと泣いた。

しばらく泣いたのち、岡本先生の方から身体を離し、涙を袖で拭きながら、ごめんね、ごめんなさいね、と何度も謝った。

「先生、ちょっと混乱しちゃって。裕行のパジャマ、着てるもんだから」

「なんで僕、これ着てるんですか？」

「私が着替えるように言ったのよ、お仕事のスーツ、皺になるといけないと思ったから。ものすごく眠そうだったし、覚えてないかもしれないけど」

「はい、覚えてないです……」

「やっぱりねえ」

「裕行くんって、……あの写真の……？」

博之が仏壇の方を手で示した。岡本先生の顔からすっと笑顔が消えた。

「そうなの……」

「なんか、すみません」

岡本先生が黙って首を横に振った。

「高校生のときに、病気で死んじゃったの」

「そうだったんですか……」

「心臓発作。とっても元気で、なんの前兆もなくて。あまりにも急で、全然実感がわかなくてね。だから、つい待っちゃうのよね。でも、いつまで待ってもあの子は帰ってこなくて。学校には、元気な生徒たちがいっぱいいて、毎日毎日、家に帰っていくのに、私の家に裕行は帰ってこなくて、全然帰ってこなくて。どうしてだろう、どうしてあの子だけ帰ってこないんだろうって、毎日、毎日、思って、思ってるばっかりで、なんにもできなくて……。だからもう、仕事もできなくなっちゃって……」

「それで、先生を辞められたんですね」

「そう。みんな励ましてくれたし、自分でもちゃんとがんばろうって思ったんだけどね。……無理だったわね」

「辛かった……ですね」

「そうね、なんて言ったらいいのか……。朝起きた時はね、全部夢だったってことになっていますように、って起き上がるの。でも、あの子が死んだっていう事実は、変わってない。毎朝、淋しいの。淋しいってことを思い知らされるの。でも、夕方になったらね、あ、そろそろ帰ってくるころだって、無邪気に思っちゃう自分がいる。夜になったらなったで、こんなに遅くまで何やってるんだろう、って思っちゃうの。そういうこと思い始めたら、もう動けなくなるの。家は汚れて、荷物がごちゃごちゃになって、どんどんどんどん荒(すさ)んで、色あせていくの、生活が、生きてくってことが」

　博之は何度も頷きながら、岡本先生がゆっくりと話すのを聞き続けた。

「でもあるとき、床の隅に転がってる靴下を見つけた。裕行のよ。丸まってて、まっ黒に汚れてて、におうの。私、おかしくてね。もうあの子の身体はどこにもないのに、汚れとにおいだけがこんなところに残ってるなんて、って。そしたら、声が聞こえたような気がしてね、裕行の声が。お母さん、恥ずかしいからそれ、捨ててって。だからね、返事してあげたの。わかった、捨てる。いらないものは、もう捨ててあげる。でも捨てる前に、もうひと働きしてもらうねって」

「もうひと働き？」

「汚れた靴下をね、一度ゆすいでから、床を拭いたの。使いこんだ靴下ってね、床を拭くのにとてもいいのよ。靴下の中に手を入れて、しっかり力を込めて磨けるの。くすんでた床の汚れがいい具合に取れて、そこだけピカッと光ったの。あら素敵じゃない裕行、って話しかけたわ。あんたの臭い靴下も、最後にこんなに役に立ったわよ。ありがとうね、ありがとうねって

……」

「それで、さっき」

「そうそう、博之くんが昼寝しちゃって手持ちぶさたになったから、つい身体が動いてお掃除しちゃってたわ。あはははははは」

明るく笑いながら、岡本先生は先ほど床に落とした布を拾った。

「これ、裕行が中学生の時に着てた体操服なのよね。中学生のときのことをしみじみ思い出しながら床を拭いておりました」

話しながらなんとか笑顔を作ろうとする先生の様子が胸に沁みた。これは岡本先生の、息子さんへのお祈りなんだなと思った。

「そんな形で自分の使っていたものが役に立って感謝されたら、すごくうれしいと思います。それに、そういうことで家がきれいになるって、いいですね、とても」

「そうなの。家がきれいになってさっぱりするし、いい運動になるし、ほんと、ありがとうねえ、っていう気持ちになるわね」

「えっと、岡本先生、僕らが中学生のときは、ありがとうございました」

博之がふいに頭を下げると、「やだなにそれ、今更なに改まってるのよ、照れるじゃないのよ」と岡本先生は手に持っていた布をひらひらと振った。

「博之くんって、ほんっといい子だね。立派に育っちゃって……」

岡本先生の目が少し潤んできた。

「かわいいし、泣かせるし。先生、この家、博之くんにあげちゃう！」

「いや、そういうとてつもない冗談やめてくださいよ」

岡本先生の手が、博之の手をさっと摑み、強い力で握った。

「冗談、でもないよ」

真剣な眼差しで博之の目をしっかりと見据えて言った。博之が気圧(けお)されていると、突然破顔し、「なんてね」と言いながら肩をすくめた。

博之は元のスーツに着替えると、借りていたパジャマを丁寧に畳んだ。これもいずれ家をピカピカにするための雑巾にされるんだろうな、と思いつつ、てのひらを当てて、ぎゅっと押した。パジャマは素直にへこんだ。

それから裕行の写真が立て掛けてある仏壇に向かって手を合わせた。無邪気な笑顔の写真には、「大人になったら、何をやってみたかった？」と心の中で話しかけた。

「やばい」

岡本先生の家でゆっくりしすぎて次の仕事に遅れそうな博之は、駅までの道をひたすら走った。抱えている黒いビジネスバッグは、いびつに膨らんでいる。さっきまで着ていた裕行のパジャマを、まだ充分使えるから持って帰るように、と岡本先生に持たされたのだ。もちろん最初は断ったが、「これをあなたが着てくれるんだって思うだけで、淋しくなくなるのよ」などと言われて、もらって帰ることにしたのだ。

電話をかけ間違えたら、まさかこんなことに……と博之は息を切らしつつ思った。でも、岡本先生と話せてよかった。今度は「お母さん」の方にも間違えずにちゃんと連絡しなくちゃなあ、とも思った。

生きてる

自分の父親の詩のファンだと名乗る女性から手紙をもらった多加子(たかこ)は、戸惑った。父が生前詩集を出していたことを聞かされてはいたが、若い頃に少部数の自費出版の詩集を一冊出しただけだ。詩人として世間に認知されていたとは思えない。実際に詩作する姿も見たことがないまま、心不全で三年前にあっけなく亡くなったのだ。

これまで父親本人から詩の話をついぞ聞くことはなかった。ああ見えてお父さんは詩を書いていたのよ、詩集も出してるよ、と教えてくれたのは多加子の母だった。ならばその詩集を読んでみたいと母に言ってみたが、素人(しろうと)の詩集だから読むほどのこともないわよ、第一もうどこにも残っていないし、とすげなかった。

その母も父の後を追うように昨年亡くなった。多加子は、三人で暮らしてきた家に一人取り残されたように暮らしていた。そこに突然、父の「詩のファン」から手紙が届いたのだ。

家で見つけた古い一冊の詩集に夢中になり、いつか作者に会いたいと思っていたが、調べてみたら最近亡くなったことを知り、とても残念に思った。もしもこの手紙がご遺族に届いたら、どうしても生前の話を聞きたい、写真があるならばどんなお姿だったのか拝見したいと強く願っている。どうか会っていただけないでしょうか、といったことが切々と綴られていた。

本を残すというのはすごいことなのだ、と多加子は感慨を覚える。作者の妻に、読む価値もない素人詩集と決めつけられた物が、どこかでこんなふうに大事に読まれることがあるのだから。父にとっては名誉なことに違いない。

多加子は、手紙に書いてあったアドレスにメールを出した。


手紙の差し出し人は、桃子（もも こ）と名乗った。栗色のボブヘアに長い睫毛と黒い瞳。赤い口紅が白い肌に映えている。さらさらと流れる髪を耳にかけたとき、淡い緑色のインナーカラーがのぞいた。大学の文学部に通っているという。

桃子は、深紅のビロードの椅子の上で、すっと背筋をのばした。テーブルの上できちんと合わせた白く長い指の爪に、赤いネイルが綺麗に施されている。唇と椅子と爪の色を、意識的に揃えているように思えた。クラシカルなインテリアの並ぶこの店は、桃子の指定だった。

桃子はゆっくりと息を吸うと、白い襟の下で結ばれた紺色のリボンにてのひらを載せた。高鳴る鼓動を抑えようとしているかのようだった。一見落ち着いて見えるが、それなりに緊張しているのだと思うと、微笑ましかった。自分に娘がいたらこのくらいの年齢だろうか、とも多加子は考えた。

「ほんとうに、突然申し訳ありません。自分でも、むちゃくちゃなお願いをしているなって思ったんですが、どうしても気持ちを止められなくて……。お会いできて、とってもうれしいです」

桃子がこっくりとお辞儀をした。

「こちらこそ光栄です。父の詩集を、あなたのような若いお嬢さんが、そんなに大事に読んで下さっているなんて」

桃子は、とんでもない、というように首を小刻みに横に振った。

「それにしても、よくうちがわかったわね」

「詩集に住所が書いてありました。もう住んでおられないかもしれないけど、届くといいなあと願いながら、手紙を書きました」

「あら、そうなの。確かに昔の本って、作者の住所が書いてあったりするものね。うちはずっと同じところに住んでるから、届いたのね」

「あの、ご存じなかったのですか？」

「え？」

「詩集に、住所が書いてあること」

「ええ、まあ。私は見たことないのよ、その詩集」

「ほんとですか!?」

「そう。父は詩を書いていたことを自分では言わなくて、母がこそっと教えてくれただけで。その母も、父の詩は読むほどのこともないよって……」

「………ひどい」

桃子の大きな黒い瞳がじわじわと潤んだ。

「ご家族に、そんなふうに思われていたなんて、番太郎さんが浮かばれません」

番太郎というのが、多加子の父親の名前だった。

「ごめんなさいね。私は読んでみたいなって思ってはいたのよ。でも、母がね」

桃子は、バッグから白いハンカチを取り出して、滲んだ涙をそっと拭った。

「その母も、去年亡くなってしまいました」

多加子がそう言うと、桃子ははっとしたように顔を上げた。

「そうだったのですか……」

「そうなの。母が淋しくて後を追ったんじゃないかって思ったわ」

「お父様とお母様は仲がよろしかったのですね」

「うん、そうねえ、まあまあ仲はよかったように見えたわね。父はいつも穏やかで、やさしくて、博識で、滅多に怒ったりしなくて、戦前に生まれた人だけど、女子どもに敬意をもって接してくれてたわね。母や私が言うことに、ちゃんと耳を傾けてくれた」

「紳士的な方だったということですね」

「そうね、簡単に言うとね。見かけは、普通のおじさんだったけどね。それで、普通のおじいさんになって」

「お父様とは、ずっと一緒に暮らしておられたんですか？」

「いいえ、一度は結婚して家を出たのよ。三年で戻ってきちゃったけどね」

「そうでしたか……。変なこと訊いちゃって、すみません」

「いえいえ。なんだかねえ、その人と付き合ってたときはわかんなかったけど、一緒に暮らしてみるとね、違うなあって思っちゃうのよね。父とは真逆だな、とか」

「え、じゃあ、すぐ怒って、怖くて、物を知らなくて、女子どもを馬鹿にしたってことですか？」

「そういうふうに言われると、ものすごく酷い人みたいね。でも、まあ、いろいろ思い返してみると、だいたいそんな感じだったわね」多加子はからからと笑った。「父親がそつがなさすぎるのも考えものかもね。忍耐力が培（つちか）われなくて」笑いながら続けた。

「そんな忍耐力なら、私はつけたくはないです」

多加子の声をぴしゃりと遮るように、桃子が言った。

「あ、ごめんなさい。若い人にとっては、失言でしたか……」

「若くなくても、それは……」

「それは、どうも……申し訳なかったです……」

多加子は、なぜ自分が反省を促されなければいけないのか、もやもやとした。

「写真……」

桃子が低い声で言った。

「写真？」

「お父様の写真があれば、見せていただきたいです、と手紙にも……」

「ああ、そう、そうでした、もちろん持ってきましたよ。でもどうなんでしょうねえ、詩がお好きなら、作者の顔は知らない方がいいってこともありますよ。父は、紳士ではありましたが、見た目は普通というか……」

「いえ、ぜひ見せてください」

「そうですか、では、どうぞ」

多加子は、封筒に入れた数枚の白黒写真を手渡した。

着物を着た両親が赤ん坊の多加子を抱いている三人の写真、多加子が還暦のお祝いに買った帽子をかぶって照れ笑いを浮かべる六十歳の番太郎、そして、銀色のネクタイをして穏やかに笑う、さらに歳を取ったときの番太郎。甥の結婚式に出席したときのスナップ写真で、遺影にしたものだ。

「父が若いときの写真は一人で写っているものはなくて。それは私のお宮参りのときみたいね」

多加子が親子三人の写真について軽く説明をしたが、桃子はまるで聞いていない様子で、写真を一枚一枚食い入るように見ていた。自分からすれば、ただの平凡な一市民に見えた父親に、こんなにもディープなファンがいるとは、不思議な気持ちになった。それほどこの子が心を打たれた詩集には、どんな言葉が書かれているのだろう。多加子は急に、父親の詩集に強い興味が湧いてきた。

「あの」

呼びかけたが、桃子は相変わらず写真を丹念に見つめ続けていて、気がついていないようだった。

「あの、お願いがあるんですけど」

今度は少し語気を強めて言った。すると桃子ははっと顔を上げ、多加子の方を振り向いて二、三度まばたきをした。

「ごめんなさい、あの……何か？」

「あ、こちらこそ邪魔しちゃってごめんなさい。あの、持ってこられてるんですよね、父の詩集」

桃子は「はい……」と、多加子の目を見ながら小さな声で答えた。そして、目を合わせたまま「似てますね」と続けた。

「え、私と、父がですか？　そうですかね、あまり似てると言われたことはなくて、どちらかということ母の方に似ていると言われてきたんですが……」

多加子は少し戸惑いつつ、敬愛すべき本人がいない今、肉親にその面影を見出そうとするファン心理がそのように思わせるのかもしれないと感じた。

「私とあなたも、どこか似ているように、思いませんか?」

「え?」

思いもよらない問いかけが桃子の口から飛び出して驚き、返答できずにいると、「似ているように思います。いえ、似ているんです」と桃子がたたみかけてきた。

最初から桃子に対して怪訝な気持ちを抱いていた多加子だったが、やはりだいぶヤバい子だったのだと、胸の奥に冷や汗が流れるような心地がした。桃子はそんな多加子の気持ちはすべてお見通しですよ、と言いたげな冷静な眼差しで微笑み、レースとフリルの飾りがたくさんついた黒い布のバッグから、茶色く変色した一冊の古い本を取り出した。

『日溜まり』というタイトルと「番太郎」という著者名が行書体で配されているだけの、シンプルな表紙だった。

「これが、番太郎さんの詩集です。この本がどうして私の家にあったのか、おわかりになりますか?」

桃子は相変わらずかすかな笑みを浮かべている。多加子は訝しく思う気持ちをなるべく顔に出さないように気をつけながら、「そうですね……自費出版で、限られた数しか作っていないはずなので、父とあなたの家の方が知り合いだったということではないでしょうか」と答えた。

「そうです。とっても深い知り合いです。私の祖母は、番太郎さんの愛人だったんですよ」

「愛人⁉　父の？」

多加子の頭の中に生真面目な父、番太郎の顔が浮かんだ。愛人なんてものとは最も遠い雰囲気の人間ではないか。この子は何を言ってるんだろう。多加子には、桃子が悪い冗談でも言っているようにしか思えなかった。だが桃子の表情は真剣そのものだった。大きな瞳が、喫茶店の照明をきらきらと照り返していた。

「祖母と番太郎さんの間に私の母が生まれ、祖母は一人で母を育てました。そして、母もまたシングルマザーとして私をこれまで育ててくれました。物心ついたときには、祖母と母と私の三人で暮らしていました」

「じゃあ、桃子さん、あなたは父の孫、ということ？」

桃子は、こっくりと頷いた。

「ということは、あなたは私にとって、えっと……」

「私の母と、あなたは異母姉妹、つまり、私はあなたの姪ってことになりますね」

桃子は冷静に答えながら、詩集の表紙を開いた。見返しに「Dear Reiko　from Bantaro」とイタリック体でのサインが書かれていた。さらに余白に「愛を込めて」と一言添えられている。

多加子は「キザ！」と反射的に思い、それを父親が書いたのかと思うとぞっとして鳥肌が立った。

「〝Reiko〟というのは、私の祖母の名前です」

「何これ……」思わず声が出た。

「驚かせてしまって、すみません」

「その詩集、読ませてもらってもいいですか？」

多加子が手を出そうとすると、桃子がさっと表紙を閉じた。赤い爪が危険を知らせる信号のようだった。

「あなたは、読まない方がいいと思いますよ。だって、祖母への愛をうたった詩が並んでるんですから」

「そんなこと……」

「そんなこと、あるんです。だから、あなたのお母様はあなたに詩集を読ませなかったし、一冊も置いてないんですよ。不自然だって思いませんでしたか？」

「言われてみれば、そうですね。でも、私も特に強い関心は持てなかったから」

「関心を持たない人が一緒に長く暮らせて、私のように強い興味を持って、どんな人かな、どんな人かな、と思っている人間は、会うことも、顔を見ることもできないなんて、皮肉ですね」

多加子は思わずむっとした。

「えっと……あなた、そんな嫌みを言うために連絡をくれたのですか？」

「すみません、言い過ぎました。ごめんなさい」

桃子は頭を下げて素直に謝った。

「祖母は、むこうの本当の家に悪いからと言って、番太郎さんの写真をこちらではただの一枚も撮らなかったそうです。私が生まれたころには祖母の家に来ることもなくなっていて、私は一度も会ったことがありません。祖母も母も、祖父がどんな人なのか私には教えてくれなくて」

他の子どもには「おばあちゃん」の他に「おじいちゃん」という存在がどうやらいるらしいと気づいた幼い桃子が、祖母や母親に「桃子のおじいちゃんはどこにいるの？」と尋ねてみても、「さあねえ、今はどこにいるのかわからないの」などとはぐらかされてきたというのだった。

「でも、二年前、祖母がこの詩集を私にくれたんです。あなたのおじいさんの書いた本だよって」

「わりあい最近のことだったんですね」

「そうなんです。祖母は癌が見つかって死期を悟り、大事に持っていたこの詩集を私に託したかったのだと思います。番太郎さんはもう亡くなっていること、私の母と同じ歳の娘さんがいることを同時に教えてくれました。私が詩集を受け取って半年後に、祖母は永眠しました」

「お祖母様は、あなたのお母様、つまり自分の娘さんの方には、なぜ詩集を渡さなかったのでしょう」

「母は、祖父のことを良くは思っていなかったようです。私たちは見捨てられたんだというようなことをよく言っていましたから。だから、なにも知らない私に、告白を兼ねて渡したのだと思います」

「そうですか……。突然そんなことを告白されて、あなたも戸惑ったでしょうね」

「はい……」

「私も今、正直、とても、とても戸惑っています……。まさか父に別の女性がいて、子どもまで、いや、孫までいるなんて、にわかには信じられません……」

「そうですよね。こんなこと、私が知らせなければ一生知らずに済んだんですよね。ごめんなさい」

桃子は、またゆっくりと頭を下げた。

「でも、どうしても、祖父がどんな人だったのか、少しでも知りたくて連絡してしまいました。……私の母の名前、杏子っていうんです。杏の子って書いて。私の名前、祖母がつけてくれたらしいのですが、この詩から取ったのかなって」

桃子は栞を目印に詩集を開き、声に出して読んだ。

桃と杏

桃の花はかわいい
春三月、かわいい桃色の花を咲かせて
夏にはかわいい桃色の実をつける

杏の花はかわいい
春三月、かわいい白い花を咲かせて
夏にはかわいい杏色の実をつける

どちらもかわいい、実にかわいい
花である
実である

「こんな詩なんですね……。なんというか……」

多加子は、感想の言葉がうまく見つけられなかった。

「単純な、わかりやすすぎる詩ですよね。でも、ここに書かれてる、桃も杏も花も実も、みんな平等に愛してるって宣言してる感じは、いいなって。すごくいいなって、思えて」

そう言って照れたような表情を見せた桃子の白い頬に小さなえくぼができ、多加子は、桃子という名前がとてもよく似合う子だ、と思った。

多加子には子どもがいなかった。四十代も後半にさしかかって、今後子どもを産むことはないだろう。自分は一人っ子だから、私の家は、私の代で終わって先がないんだな、と思っていた。でも、父には、桃子のような〝先〟であるところの孫がいたのだ、と多加子はしみじみと思った。

「どちらもかわいい、実にかわいい、花である、実である」

多加子は、詩の最後の三行をつぶやいた。かわいいと思うものを素直にかわいいと書ける、そのメンタリティーに不思議な感動を覚えた。

「ねえ、私からも、変なお願いしてもいいかな」

「はい、なんでしょう」

桃子が神妙な顔をしながら背筋をのばした。

「ほっぺた、さわらせてもらってもいい？」

「ええ？」

「桃子ちゃん、桃みたいでかわいいから、さわりたくなっちゃった」

「番太郎さんの詩に、感化されちゃったんですか?」

「……かもしれない。ダメ?」

「まあ、いいですよ。どうぞ」

桃子は目を閉じた。多加子はそろそろと手をのばして、その白い頬を包むように両てのひらで触れた。思ったよりもひんやりとしていて、やわらかかった。とても気持ちがよかったが、触れてはいけないものに触れてしまったような罪悪感が同時に生まれ、さっと手を引っ込めた。

桃子が目を開けた。

「気が済みました?」

「はい。桃子さんも、気が済みましたか?」

「はい……いえ、まだです」

「まだ?」

「はい、これから、もっともっと、いろいろ知りたいです。話をしたいです、多加子さんと」

多加子は、少し考えてから、ふんわりと笑った。

「そうね、私も同じです」

多加子の言葉を受けて、桃子が八重歯を見せて思い切り笑った。

「ねえ、私も、多加子さんのほっぺた、さわってもいいですか?」

「あら、どうぞ、こんなおばさんのほっぺたでよかったら、いくらでも」

多加子は、顔を少し前につき出して目を閉じた。桃子はゆっくりと腕をのばし、多加子の頰をてのひらで包んだ。

人に顔をさわられるなんていつ以来だろう、と多加子は思った。桃子の手はやわらかくて、あたたかかった。くすぐったい。

「生きてる」

桃子の絞り出すような声が、多加子の耳に静かに届いた。

見つかった？

大きなリュックサックを抱えた胡桃（くるみ）は、バスからたった一人降りたった。そこから細い上り坂を、赤茶色の落ち葉を踏んでしゃりしゃりと音を立てながら歩いた。だんだん細くなる山道を登っていくと、人家はほとんどない。勾配は急になり、木々はうっそうと繁り、どんどん淋しくなっていく。そんな場所に、胡桃の叔父の兼司（けんじ）が住んでいて、訪ねようとしているのだ。兼司は、三年ほど前に早期退職をし、その退職金とそれまでの貯金で山の土地を買い、自力で開墾して畑を作り、手作りの小屋を建てた。素人が見様見真似で建てたその粗末な小屋は、隙間風が常に吹き抜ける状態である。

兼司の家の敷地にたどり着いた胡桃は、小屋の戸をたたいた。しばらく待ってみたが、レスポンスがない。「開けますよ」と声をかけて、曲がった枝で拵（こしら）えた玄関の扉の把手（とって）を引いた。鍵はかかっておらず、ぎりぎりと音を立てて扉は開いた。

入ってすぐの所は土間である。五十センチほど高くなっている奥の居室スペースは五畳ほどの畳の部屋で、小さなタンスとちゃぶ台が置いてある。小屋の中には誰もいない。畳の上のわずかな隙間に持参した荷物をすべて置くと、ふたたび外に出た。

　敷地内の片隅に、ひときわ存在感を放つ廃バスがある。胡桃はつかつかとそのバスに近づき、ガラス窓から中をのぞいた。最後部の座席を改造したベッドに、兼司は横たわっている。胡桃は手でコツコツと窓をたたき、ケンジおじさん、ケンジおじさん、と声をかけた。兼司はその音に気づいたようで、うっすらと目を開け、ふわぁと大きなあくびをした。そして目をこすりながら起き上がると、バスの窓をスライドさせて開いた。窓から入ってきた冷たい風を受けたからか、兼司はかすかに顔をしかめた。

「おう……クルミか」

「……おう、クルミ」

　クルミは兼司の口真似をして言った。

「ごめん、寝てた？」

「いや、まあ、ちょっと昼寝してただけだ」

「そっか」

「おまえ、いつも突然来るな」

「だって、連絡のしようもないじゃん。電話もないんだから」

「そりゃあ、そうだな」

　よっこいしょ、と小さく声を漏らして、兼司が立ち上がった。

「コーヒーでも淹れるか」

兼司が、小屋の前にある石を重ねて作ったシンプルなかまどに枯れ葉と枝で火を熾すのを、胡桃も手伝った。かまどには井戸の水を入れた鍋が置かれていた。椅子がわりの大きな丸太を並べて二人は座り、パチパチと火が爆ぜる音を聞きながら、湯が沸くのを黙って待った。

「どう?」

胡桃が沈黙を破った。

「どう? どうって……、なんもないよ。ここじゃ、なんにも起こりようがない」

「暇?」

「うん、まあ、そうだな。だけど案外忙しくもある。草刈ったり、畑やったり、薪拾ったり、やることは山のようにある」

「寝てたじゃん」

「だから、ちょっと昼寝してただけだって言ったろ?」

「ふーん」

「で、そっちは、どう?」

兼司が片方の眉を少し上げて言った。

「わたしは……まあ……」

「姉さんに、なんか言われたのか」

兼司が「姉さん」と呼ぶのは、兼司の姉で、胡桃の母親のことである。

胡桃が首を振ると、髪が揺れた。

「お母さんは、わたしになんにも言わない。わたしが何をしても、しなくても、なんにも言わない。普通に、ご飯作ってくれたりとか」

「そうか。お父さんは？」

「お父さんも、言わない。なんか、なんにも責めてません、全部わかってます、受け入れてますって感じで、いつもニコニコしてんの」

「そっか、なら、いいじゃないか。いい両親でしあわせだな、クルミは」

「そうだよ、いい両親だよ。でも、怖いよ。重いっていうか、なんか気持ち悪い」

「さんざんな言われようだな」

湯が沸いたので、兼司は立ち上がり、お玉で湯をすくって、切り株のテーブルの上に置いたプレス式のコーヒーメーカーに注ぎ入れた。そのコーヒーを二つの金属のマグカップに分け、その一つを胡桃に手渡した。香ばしい。胡桃はマグカップを両手で包んで、その湯気を見つめた。

「そんなこと言うの、ひどいし、間違ってるって自分でも思う。思うよ。いい両親で、わたしの方がよくないってわかってる。だってわたし、十三歳とかじゃないからね。二十三だよ。とっくに成人してるんだよ。ずっと学校にも行ってなくて、仕事もしてなくて、家にいたまんまで、あっという間に三十になっちゃうよ。この先どうするのって話だよ」

「そうか、とっくに成人か」

「そうです、とっくに大人です」

「うーん、なんだろうな、難しいかもしれないけど……ま、元気だから、いいじゃないか」

「ケンジおじさんまで！」

胡桃は、マグカップをばん、と切り株のテーブルに置いた。弾みで少しコーヒーがこぼれ、切り株に茶色い染みができた。

「あ、ごめん」

「ま、飲みな。なんも考えないでさ。そのために来たんだろ？」

胡桃は素直にこくりと頷いて、コーヒーを口に含んだ。何も考えたくなくてここに来た、というのは当たっている。


にぎやかな鳥の鳴き声が耳に届き、胡桃は目を覚ました。バスのベッドを胡桃に明け渡し、床に敷いた寝袋で眠っていたはずの兼司はもうそこにはいなかった。バスの窓を開けて首を出し、兼司の姿を捜した。兼司は畑にいた。バケツから柄杓(ひしゃく)で水を汲んで、力強く撒いている。柄杓から飛び出した飛沫が、朝日をきらきらと反射した。

きれい……、と起き抜けのぼんやりした頭で胡桃は思った。しばらく兼司の水やりをぼうっと眺めていた。

　水やりを終えた兼司が、胡桃の視線に気づき、手を振った。

「起きたか。手伝え」

　胡桃は、寝間着のスウェット上下にパーカーを羽織ってバスから出た。

　石のかまどにはすでに火が焚かれ、大きな鍋の中では野菜やきのこのたっぷり入ったスープが湯気を立てていた。切り株のテーブルには、昨日胡桃がリュックに入れて運んできた食パンと林檎とバナナが並べられている。

「そこでパン、焼いて」

　兼司が足元の七輪を指さした。七輪の中ですでに炭が赤くなっており、網も置かれていた。

胡桃は嬉々として網の上に厚切りの食パンを載せた。

「おいしい空気と一緒に食べる食パン、最高。スープも最高」

「ちゃんとしたパンを食べるの久し振りだな。うまいな、やっぱ」

「ちゃんとしてないパンって、どんなの？」

「小麦粉を水で溶いて鉄板で焼く」

「うわ」

「野菜を入れたりしてな」

「お好み焼きじゃん」

「まあ、どっちかっていうとチヂミだな」

「なるほど。おいしそう」

「うん。けどなあ、ときどきこういうのばくっと食べたくなるよな。あとはバターがあればよかったな」

「冷蔵庫ないんでしょ」

「ない。だめだな」

「あ、でも、常温で保存できる容器があるらしいよ。水に浸けとく仕様になってて」

「へえ。でもいいよ、そんなの。物増やしたくないし」

「置くとこいくらでもあるじゃん」

「少ない道具で工夫して暮らすのが楽しくてここにいるんだから」

「そっか。でも、それわかる。自分が覚えていられる範囲でいいんだよね、道具って」

「そうそう。わかってるじゃないか」

「うん。わかるけどさ、でも、淋しくないの？」

「そりゃあ、淋しいよ。淋しいけど、いいんだよ」

「ケンジおじさんはそういうふうに、これでいいって、いつ思えたの？」

「いつ……？」

「いつ、こんな生活しようって思ったの？」

「それはもう……ずっとだな」

「ずっと？」

「そう、子どもの頃からずっと」

「うそ」

「え、なんだよ」

「お母さん言ってたもん、ケンジおじさんは勉強もよくできて、サッカーも巧くて、話もおもしろくて、すごくモテたって」

兼司は苦笑いを浮かべた。

「姉さんがそんなことを？　姪っ子に弟自慢？　しょうがねえなあ」

「ほんとなの？」

「うん……まあ、モテた方、だろうな。バレンタインのときは、机にチョコを突っ込まれすぎて、あふれて床に落ちてた」

「やっぱり」

「他の人の机はそんなふうになってなかったから、そうなんだろうなあ。なんかでも、人の机に無断で食べ物突っ込むなんてさ、すごい無神経な行為じゃないか。そんなことされても、ちっともうれしくなかった。むしろ不快だった。だから、一応家に持って帰ったけど、チョコは全部捨てた」

「うわ」

兼司は手に持っていた小枝をぱちんと音を立てて折った。胡桃はその横顔を改めて見つめた。朝日に照らされ、容赦なく皺とシミがあらわになっている。ずいぶん日焼けしたな、と思う。でも、すっとのびた高い鼻は、以前と変わらず素敵だ。

「さて、今日はマツタケ採りにいくか」

「え、マツタケ?」

「今の時期、ここの裏山で採れることがあるんだよ」

「すごい!」

胡桃は何度もこの山に来ているが、マツタケのことは初耳だった。兼司いわく、マツタケが採れると知れたら血相変えてやってくる奴がいそうだから黙っていた、とのこと。

兼司と胡桃は軍手をはめ、背負い籠を持って雑木林の続く裏山を登っていった。兼司が気ままに歩き回るのを、胡桃は見えない糸ででも繋がっているかのように後ろをついていった。兼司は途中で枝を拾い、ときおり地面に敷きつめられている枯れ葉をばさりと払って、その下を探った。胡桃も枝を拾い、それを真似した。しばらく二人とも無言でそんな動作を繰り返していたが、マツタケは見つからなかった。

「マツタケってさあ、どこにでも生えるわけじゃないよね。ほんとにこんなところに生えてるの?」

胡桃は、だんだん怪訝な気持ちが生まれ始めて、つい口にしていた。

「まあ、運がよければ、かなあ」

「見つけたことあるの？」

「あるさ、嘘はつかないさ。お？」

「え？」

「あった……」

兼司はゆっくりとしゃがみこみ、軍手で枯れ葉をよけた。その下にぷっくりとしたマツタケの笠がのぞいたのを、胡桃はみとめた。兼司はそれをそっと手でもぎとり、笠に鼻を近づけて匂いを嗅いだ。

「うむ、間違いない」

「わあ、嗅がせて」

胡桃は兼司が返事をする前にその手からマツタケを奪い、鼻を近づけた。

「はあ、採れたてのマツタケって、こうなんだあ。ワイルドな香りがするう。最高」

「だろ？　ま、今日は収穫があったからもう帰ろうか」

「え、やだ、わたしまだ見つけてない」

「いや、なかなか見つけられないんだぞ」

「でも探す、見つかるまで探す。探したい」

「強情だなあ。まあ、いいけど、オレは他にやることあるから、先に小屋に戻ってるぞ」

「いいよ、ケンジおじさんは戻ってて。わたし一人の力で、マツタケの運をつかまえてみせるから」

「はは、わかったよ」

じゃあ気をつけるんだぞー、と言いながら、兼司は山を下りていった。ひょこひょこと下っていく兼司の後ろ姿を目で追いながら、「待って、やっぱりわたしも戻る」という言葉が喉元まで出かかったが、こらえた。

一人取り残された胡桃は、急にあたりが薄暗くなったように感じた。ときおり鳥の声と、葉擦れの音のみがする静かで薄暗い空間に、胡桃はしゃがみこんだ。

ここには誰も来ない。電波も届かない。お父さんとも、お母さんとも、友達の誰一人とも、メッセージをやりとりすることはできない。スマートフォンはバスに置いてきた。とっくに充電が切れている。今は誰も、自分にコンタクトできない。そう思うと、なんだか清々(すがすが)しい。身体がふっと軽くなって、浮遊感さえ覚える。

胡桃は、目を閉じた。自分は今、何もできない。視界をシャットアウトした脳裏に、高校三年生の一学期まで通っていた学校の風景が蘇る。

その子はいつもうつむいていたので、顔は覚えていない。胡桃はその子の斜め後ろの席だった。授業中はだるそうに机に突っ伏したままだった。ふさふさした黒いボブカットが机の上でモップみたいに広がって、そこだけ別の生き物がいるように見えた。どの教科の先生も、その子を起こそうとしなかった。不思議なオブジェを眺めるようにときどき目を向けたが、語りかけることはなかった。そこに人はいない。透明人間のように、見えないもののように扱われた。

あるときから、彼女は学校に来なくなった。来なくなったことを、誰も指摘しなかった。来なくなってから三日経っても、一週間経っても、一ヶ月が経っても、誰一人指摘しなかった。いつの間にか、その子が教室に置いていた道具や教科書がなくなっていた。その後行われた席替えで、あの子の席はどこにも作られなかった。誰の話題にもならないまま、あのおかっぱの女の子はいなくなった。最初からそんな子はいなかったみたいに、学校中の記憶から消去されたのだった。そんなことってあるの、と思ったが、あったのだ。誰も口にしなかった。自分も口にできなかった。

黙殺、抹殺……あの状況を表す言葉を考えていると、「殺」の文字のある熟語が浮かんできた。怖い。なぜあんなことになってしまったのだろう、と胡桃はぐるぐると考えをめぐらせるが、なにもしなかった自分も「殺」の側の片隅にいたことに間違いない。怖い。

胡桃はある日、学校に行けなくなった。家を一歩出たとたん、足が動かなくなってしまったのだ。

不登校になった胡桃を、母親はとがめなかった。そっとしておいてくれた。父親も同じだった。何も訊かなかった。やさしい言葉だけ、かけてくれた。なんていい両親のもとに自分は生まれたんだろうと胡桃は思った。だからこそちゃんと生きなくちゃ、と思った。でも、ちゃんと生きるって何？　と同時に思った。あの子は、ちゃんと生きてなかったの？　いてもいなくても同じに扱ったわたしたちは、ちゃんと生きてたの？

胡桃は、学校がつくづく虚しかった。やさしいだけの両親も、虚しかった。そして何より、自分自身が虚しかった。

胡桃はその後そのまま高校を中退して、高卒認定を取って大学受験をして、大学に受かったものの、入学式の日にまた足がかたまってしまい、一日も大学に登校できないまま中退することになった。以来、別の学校に行くでもなく、仕事をするでもなく、ほとんどの時間を家の中で過ごしてきた。胡桃は、毎日が苦しかった。

叔父さんが突然会社を早期退職して、誰もいない山の中で暮らしてるから、しばらくそこで一緒に暮らしてみるのもいいんじゃない？　と提案したのは、胡桃の母親だった。いつものように穏やかな笑みをたたえているけれど、少しぎこちない感じもした。

兼司のことも胡桃のことも、とうてい理解しがたいが、理解しがたい者同士ならひょっとしてうまくいくのではないか、ということを母親が思いついたのだろうと胡桃は想像した。

「いいよ、行く」

初めて胡桃が「ケンジおじさんの山」に来たのは、二年前。父親の運転で、両親と一緒に車でやってきた。夏の終わりごろのことだった。ボロ小屋に廃バスの寝床、電気もガスも水道も通っていない、想像した以上に原始的な状況に驚いた両親が、すぐに胡桃を連れて山を下りようとしたが、胡桃は、かたくなに拒否した。両親は驚いたようだった。それまでこんなにも頑固に両親の言うことを拒否したことなどなかったからだ。

「わたし、ここがいい。息がたくさん吸える」

胡桃のその一言に、母親が急に得心したような顔になった。「それなら、気の済むまでいなさい」と母親に言われ、胸の中にじんわりとあたたかなものが広がり、笑顔を浮かべて、うん、と応えた。

なんだろうこの感じ、そうだ、うれしい、と思う気持ちだ、と胡桃は思った。小さなことでも自分の望みがかなった瞬間は、こんなふうにじわっと胸があたたかくなる。うれしい。しばらく忘れていたけれど、思い出した。

それから二ヶ月近く滞在して、寒くなる前に山を下りた。

山から帰ってきたら、すぐに社会復帰できるのかと思ったが、そうではなかった。世の中に出ようと思うと、とたんに息がとぎれとぎれになる。自分には何が向いていて、何がやりたいのか、これからどうすればいいのか、胡桃は全くわからなかった。

ケンジおじさんのところに行っても、なにが変わるというわけではない。もう行くのはよそうと思いながら過ごし、しかし、しばらくすると不思議に懐かしさのようなものが込み上げてくる。そして連絡もせず、山にふらりと向かうのだった。

それを二年間、繰り返してきた。

今日、自力でマツタケを探すことができたら、もしかしたら何かが大きく変わるのではないか。胡桃は立ち上がり、山の斜面をはいつくばるように、マツタケを探し続けた。自分が枯れ葉を踏む音と、風が木々をゆらす音、鳥や虫などの野生の生き物の鳴き声、遠くで流れる川の水の音、それらが合奏のように響き合う。胡桃はその中の一部として身体ごと溶けこんでいく心地がした。

そうだ、自分は胡桃という名前だった。木の上で実って、固い殻をかぶったまま、ある日地上にごとりと落ちる。落ちたその場所で芽吹くかもしれない。あるいは風に吹かれて、坂を転がって、どこか遠くの見知らぬ土地で芽吹くかもしれない。リスにがりがり齧られて終わるかもしれない。

胡桃の運命って受動的だなあ、と思いながら、胡桃はばさりと仰向けになった。空がたくさんの木の枝に囲まれている。親しげに寄り添っているような木の一本一本の枝が、空に美しい模様を描いている。

なぜこんな姿に生まれてきたのか、こんなところに芽吹いたのか、木に訊いたとしても木は何も答えられないだろうと思う。ただ生きているから、生きている。それだけだ。

おーい、という低い声が聞こえて、胡桃ははっと目を覚ました。いつの間にか眠っていたようだ。目の前に兼司の顔があった。

「あ、あれ？」

胡桃は、身体を起こした。

「だめだよ、クルミ。こんなところで寝たら命取りだからな。こんなに葉っぱまみれになっちゃって」

兼司が、胡桃の髪についた枯れ葉を一枚一枚つまんで取り除いた。

「で、見つかったか？」

「え？」

「どうしても見つけるって、言い張ってたじゃないか、マツタケ」

「あ、ああ、そうだった、探してたんだった、マツタケ……」

そばに転がっている籠を拾い上げた。二人で中をのぞきこんだ。空っぽだった。

「見つからなかったか。まあな、なかなか見つかんないもんだよ」

「うん……」

兼司の「なかなか見つかんないもんだよ」という言葉が、眠りから覚めたばかりの脳に水のように沁みた。木々の間から見える空が、薄桃色に染まっている。日没が近い。今日はもうマツタケを見つけるのは無理だろう。でも、〝見つけられないわたし〟を、ケンジおじさんはダメ出ししたりせず、そのまま受け入れてくれるだろう、と胡桃は思う。そんな存在がここにいると思うだけで、楽になれる。とても。

「うん。今日は、あきらめる。また今度、見つける」

「そうだな、〝今度〟はいつでもあるからな。ゆっくり見つけたらいいさ」

「うん……」

二人は、かさかさと音を立てる枯れ葉を踏みながら、山をゆっくりと下りていった。

待ってた

明美(あけみ)は、ぶあつい木のまな板の上で使い込まれた菜切り包丁を握り、胡瓜(きゅうり)のぬか漬けを輪切りにしている。さくりと包丁を入れたはずみに、その一片がころころと転がり、キッチンの床に転がった。陸(りく)がすかさず駆け寄って、それをキャッチする。

「あら、スミレちゃん、ありがとう」

陸は、自分がスミレと呼ばれることにすっかり慣れている。

「はい、アケミちゃん」

手をのばして明美に胡瓜の一片を手渡した。

「ありがと。ま、洗えば大丈夫よね。もうすぐできるから、あっちで遊んでて」

「はーい」

陸が素直に淡い紫色のワンピースを翻(ひるがえ)して居間の方へ去っていくのを、明美は目を細めて見守った。かわいい。

夢はまだ続いている。覚めない夢が。明美はしみじみとそう思いながら、「スミレちゃん」

と初めて会った日のことを思い出す。

自宅の裏庭で洗濯物を干していた明美は、伸びるに任せていた夏草の間に何かがいることにふと気づいた。猫でもいるのかと洗濯物を干す手を止めて一歩近づくと、草の中から短い髪の十歳くらいの子どもが一人、立ち上がった。顔は薄汚れていたが、見開いた目の潤んだ黒い瞳が清潔な光をたたえていた。明美は驚きのあまり、一瞬、息が止まった。

「ごめんなさい」

小さな、かすれた声でその子は言った。明美はとっさに首を振った。

「いいのよ、いいの、謝らなくて。なんにも謝ることなんかない。それより、よく来てくれたわね。私、ずっと、待ってたのよ」

「……待ってた？」

子どもは、怪訝そうな顔をした。

「そう。ずっと、ずっとずっとずっと、あなたを待ってた」

明美は子どもにつかつかと近づき、両手で抱きしめた。

「スミレちゃん……、あなた、スミレちゃんでしょう？」

「……スミレ……ちゃん……？」

子どもは拒絶するでもなく、抱きしめ返すでもなく、棒立ちで明美の抱擁を受け入れていた。

明美は、本当に「スミレちゃん」を待ち続けていたのだ。「スミレ」というのは、明美が心の中で育ててきた幻の娘の名前である。明美は、この家で生まれ、母親と二人で暮らしてきた。自分の父親が誰なのかは知らない。「知らなくてもいいこと」だと何度も言われた。母親は、資産家だった両親の遺産を受け継ぎ、外に働きに出ずとも、不動産収入などで明美と二人、充分に暮らしてこられたのだ。二人きりの世界で、明美は母親に存分にかわいがられた。母親とは、好きなものがとても似ていた。草花と小鳥と昔話が好きだった。特に、世界各国の王朝ロマンが好きで、物心ついた頃から、母親は明美に語り聞かせてきた。

そんな明美にとって現実の男性はあまりにも生々しすぎた。母と二人で空想の世界に浸る時間が、何より心安らいだ。物語の中の男たちは永遠に若く、やさしく、少しおろかで、魂が清らかに透き通っているようだった。

明美は中高一貫の女子校を卒業すると進学も就職もせず、家にいることにした。家の中で、母親が所有している不動産の管理方法を学び、家事を手伝った。株の取引についても教えてもらった。「あなたは外に出て働く必要なんてないのよ」というのが、明美が幼い頃からの母親の口癖だった。その言葉を素直に信じ、実行したのだ。

母親と二人、この家でゆっくりと老いていくはずだった。しかし明美の母親は、突然難病に見舞われ、五十代であっけなくこの世を去った。明美は、広い家にたった一人残されてしまった。三十三歳になっていた。外部との関係を十五年も絶っていた明美には、友達と呼べる人は一人もいなかった。母親が唯一の友達だったのだ。

真夜中のベッドでぱちりと目が覚めた時、深海のように静かだと明美は思った。なんの音もしない。なぜ自分は、来る日も来る日も、こんなに一人なのだろうと思った。母親に与えられた孤独なのか。自分から望んだ孤独なのか、明美はありあまる時間の中で、ひとしきり考えた。

母親が生きていたころは、孤独ではなかった。母親の方も、自分がいたから孤独ではなかったはずだ。私たちは、与え合い、愛し合っていた。明美はそう確信している。そのうえで、なぜ自分には今、あのころの母親のように子どもがいないのだろう、と思うようになった。自分が母親をあれほど愛していたのだから、同じように自分を愛してくれる娘がいて当然なのではないか、と明美は考えを巡らせた。

それには男性と恋に落ち、関係を持たなくてはならない。ひどく狭い世界で生きてきたとはいえ、そういったことはさすがにわかっていた明美は、出会いを求めて街に出かけてみた。しかし、一日中誰とも言葉を交わすことなく家に帰りつくばかりだった。

明美は孤独を深めた。その反動として、もしも自分に娘がいたら毎日どんなに楽しく会話するのだろうかと夢想し始めた。幻の娘の姿や声、言葉を、日々具体的に思い描くようになっていった。

明美は、幻の娘に、スミレという名前をつけた。この家で一緒にひっそりと生きていく女の子にふさわしい名前だと直感的に思ったのだ。ことあるごとに、「スミレちゃん」と呼びかけ、楽しく会話を交わした。街に出かけるたびに、スミレという名前にふさわしい洋服や靴を買い、文房具類や本も買ってきた。二階に子ども部屋も作り、学習机やベッド、本棚、洋服ダンスを取り揃えた。スミレの存在は、明美の中で日に日に大きく、確かなものとなっていったのだった。

明美がその部屋で目を細めて眺める幻のスミレは、いつもニコニコと笑っていた。そして明美のことを「アケミちゃん」と呼んだ。「お母さん」ではなく、母親のファーストネームで呼ばせた明美の母親のやり方を踏襲したのだ。

自分の母親は、まぎれもなく母親であると同時に、姉妹であり、友達であり、世界のすべてであるように仕向けられたのだと、今になって明美は思う。だから当然、自分の幻の娘にも同じような言動をさせた。スミレが「アケミちゃん」とニコニコと話しかけてくる様子を想像すると、孤独感はひととき薄れた。幻のスミレを育てることが、唯一の生き甲斐(がい)のようになっていった。

だから、庭の草の間から現れた薄汚れた子どもを本物のスミレだと思いこむことは、明美にとって自然な流れだったのだ。強く、長く、ゆるぎなく願い続けていたから、神様が特別にプレゼントしてくれたのだ、と明美は本気で思った。

明美がスミレのために用意した洋服や靴は、不思議なことにそのときの陸にぴったりのサイズだった。

明美がスミレ用に選んだ服は、その名にちなんで、淡い紫やピンク、水色のワンピースが多かった。それらがずらりと並ぶ洋服ダンスは、スミレが咲き誇っているようでとても美しかった。それを目にした陸は、うっとりと、花を身に纏う自分の姿を夢見ているようだった。

*

陸は、自分が本当は男の子であることを明美に言わなかった。まあいいや、と思ったのだ。全く別人の「スミレちゃん」として生きてみるのも悪くないと感じたのだ。あのきれいな服を着られるのだし。自分には、もう他に行くところはないのだし。

陸は、小学校で激しいいじめに遭っていた。最初はちょっとからかわれたり、軽く肩を突かれる程度だったが、だんだんパンチが強くなり、物を捨てられたり裸にされたりと、エスカレートしていった。学校を休みたかったが、行かないと父親に殴られたり、母親に怒鳴られたりした。学校も家も、地獄だった。誰も助けてくれなかった。死にたかった。でも死ぬくらいなら、遠くへ行こうと思った。誰も知らない、どこか遠くへ。そうだ、そうしようと、陸はある日決意した。

その日、それまで貯めた小遣いのすべてをポケットに入れ、いつものようにランドセルを背負って学校へ向かった。途中でいつもと違う道に入り込み、そばに誰もいないのを確認してランドセルを捨て、学校とも家とも違う方向へ走り出した。

駅にたどり着くと、あてずっぽうで電車を乗り継ぎ、あてずっぽうで電車を降り、全く知らない街へやってきた。街の商店街にあった駄菓子屋で駄菓子をたくさん買い込み、公園でむさぼり食べた。空腹は半分ほどしか満たされなかったが、自由だ、と思いながらブランコを漕いだ。長く、ゆったりと漕いだ。空にはオレンジ色が滲みだしていた。

と、「どけよ」と突然言われた。中学生くらいの男子だった。陸はすぐにどいた。周りに同じような男子がいて、ガキから奪うなよ、と言って大声で笑った。

ここにも居場所はないと陸は悟り、公園を飛び出して住宅街をやみくもに歩いた。夜が深まる前に、身を隠せそうな草深い庭を見かけてそっと入りこみ、草の中に身を委ねた。疲れ切っていたので、すとんと眠りに落ちた。

次に目を覚ましたとき、誰かがやってくるのがわかった。それが、明美だったのだ。陸は、もう他に居場所がなかった。だから、違和感はあったし怖かったが、「スミレちゃん」になるしかなかった。

陸はもともと、乱暴な男子よりやさしい女子と遊ぶ方が好きだった。三人姉弟の末っ子で二人の姉がいて女の子の服は見慣れていたし、こっそり着てみたこともあった。明美がスミレのために用意していた部屋にいると、ファンタジー世界の住人になったような気分が味わえてわくわくした。言われるがままに明美を「アケミちゃん」と呼び、その乙女趣味にも楽しく付き合った。

明美は、陸をことあるごとに、「かわいい、スミレちゃんは世界一かわいい」と褒めそやした。悪い気はしなかった。実際、陸は愛らしい顔立ちをしていた。平均より背が低く、痩せていて「風で飛びそう」とからかわれたこともある。こんな見かけだからいじめの標的にされるのだと思っていた。だから陸は、自分の顔も身体も、大嫌いだった。でもここでは、褒めてもらえる。

初めて会った日、汚れた顔をあたたかいタオルで拭いてもらい、「いいお顔」と明美に言ってもらったときは、目の前がぱあっと明るくなるような心地がして、涙が滲んだ。陸は生まれて初めて、この世界に自分が存在することを心から肯定してもらえたような気がした。

「ずっとここにいていいからね。どこにも行かなくていいからね」

「うん、ずっとここにいる」

そんな会話を、二人は何度も繰り返した。

日々の買い物などは明美が済ませ、陸は一日のほとんどを家の中で過ごした。退屈はしなかった。広い家を少しずつ掃除して、床や柱を磨いて黒光りさせるのが楽しかった。小さな気泡の入った窓ガラスを磨き、雑草を刈り、花壇を作り、ドアのたてつけを直し、破れた壁紙を貼りかえ、することはいくらでもあった。

日々の料理も手伝った。明美が母親から受け継いだというぬか漬けを毎日かきまぜるのは、陸の役目になった。スミレちゃんのピュアな指の方が「おいしい菌」を増やせる、というのが明美の持論だった。

　かつて陸が姉たちから教わったオートミールクッキーを焼いてふるまったこともある。針仕事も得意だった。陸は家事全般が好きで、向いていたのだ。

　スカートを穿くことにも慣れた。歩くたびに足元でふわりふわりと揺れる布がロマンチックだと感じた。

　生まれたときからここで生きてこられたら、なんにも苦しまずに済んだんだ、と、縁側に座って陸は思う。そして、両親はさすがに自分のことを捜しているんだろうな、とぼんやり考えた。明美の家にはテレビもパソコンもなく、新聞も取っておらず、情報が遮断されていたので、自分がいなくなったことが騒ぎになっているのかどうかすらわからなかった。自分のことをスミレだと信じ込んでいる明美とは、家族や学校のことなどは話さなかった。

　毎日の義務はなにもなかったけれど、二人は、規則正しく過ごした。朝六時ごろに目覚め、夜が深まれば、それぞれのベッドで眠った。三食はいつも一緒に食べた。明美とその母がそうしていたように。

「あのねえ、スミレちゃん、私、うっかりしてたんだけど、これ」

一緒に暮らし始めて三年ほど経ったある日、明美が、ふっくらとふくらんだ白い紙の袋を陸に手渡した。

「え、なに?」

「そろそろ、来るかもしれないから、ほら、お月さま」

「え?」

女子は月に一度生理というものが来ることは、陸も知っていた。それが自分には生涯訪れないことも。明美の笑顔が、陸の胸にずきりと刺さった。

「今は、その……まだだけど、ありがとう」

陸は白い袋を受け取って胸の前で抱えた。

「で、ほら、もう一つ。その、お胸の……」

「え?」

「そろそろ、スポーツブラとか欲しくなるころかなって」

「あ、それも、まだ、大丈夫だよ」

「そう? でもスミレちゃん、背も伸びてきたから、下着もお洋服も、これまでの物はだいぶ小さくなってきたでしょう」

「えっと、そう、かな。ときどき、腕のつけねのところがきついのがあるかな。でも、ときどきだよ。まだ着れるよ」

「そう？　でも今度、一緒に洋服買いに行こうか」

「え、一緒に？　いや、いいよ、なんか適当に買ってきてくれれば」

「そういうわけにはいかないでしょう。好みだってあるんだし、サイズも」

「う、うん。そうだね……。ふだんは、もっとカジュアルな服も着てみたいかな。ジーンズとか、Tシャツとか、動きやすいのが」

「そっか、スミレちゃんもやっぱりそういうのが欲しいんだね。現代っ子なんだ。わかった。買ってあげる。行こう、買い物」


二人は存分におしゃれをして街に繰り出した。肩まで髪が伸びた陸を、男の子だと思う人はいなかった。はしゃぎながら洋服を物色する二人は、何度も「仲のよい親子ですね」と言われた。二人ともそれがうれしかった。しかし「お嬢様、意外と肩幅がおありなんですね」と店員に言われたとき、陸はどきりとした。やはり自分は、男の身体をしているのかと悲しくなった。指摘されなかったが、胸が平らなことにも気づかれただろう。

途中でスポーツブラも買ってもらうことになり、試着室で装着した。胸のカップに収まるはずの胸のふくらみは全くなかった。ポケットにあったティッシュを取り出して少し詰めた。詰めながら、指が少しふるえた。

（いつかは、本当は男の子だって言わなくちゃ）

陸は思い、思ったとたん、涙が流れた。

次の日の朝、起きたばかりの陸は「おはようアケミちゃん」と言おうとして、うまく声が出なかった。昨日街を歩きまわったから、疲れて風邪でも引いたのかなあと思いながら、うがいをした。洗面台にぺっと水を吐きながら、はっとした。……声変わり、だったらどうしよう。目の前の鏡をまじまじと見ながら、ごくりと唾を飲んだ。のど仏がある。女の子にはないはずのそれが、確かにある。陸は、おそるおそるそれに触れた。

そのとき、玄関の呼びだしベルが鳴った。

「あら、こんな朝早くから誰かしら」と言いながら明美が玄関のドアを開けた。すぐに、「えっ、なんですか！」と明美のかん高い声が聞こえ、「警察だ」という声が続いたのを、陸は聞いた。「スミレちゃん！」という叫ぶような明美の声が聞こえたが、陸は返事ができなかった。一ミリも動くことができなかった。

「さあ、もう大丈夫ですよ」と、女性警官が陸の手を握った。はっとした陸はその手をふりほどき、玄関に向かった。明美が連行され、パトカーに乗せられようとしているのが見えた。

「やめてください！　アケミちゃんは、アケミちゃんは、私のお母さんです！」

陸は、声をふりしぼって叫んだ。明美が振り返った。

「スミレちゃーん」

明美は、必死に笑顔を作っているようだった。

「ありがとう、スミレちゃん。大丈夫、また会えるから。絶対、戻ってくるから。だから、待っててね」

懸命に手を振る明美が、警察官によってパトカーに押し込まれ、ドアがばたんと閉じた。車はすみやかに走り出すと、たちまち視界から消えた。

陸は、口を半開きにしたまま、何もできなかった。陸の肩を、先ほどの女性警官がしっかりと摑んでいた。

一人暮らしだったはずの家で、突然女の子が暮らし始めて、学校にも行っていない。怪しい。そう思った近隣の住人からの通報から捜査が進められていたそうだ。

両親のいる家に戻った陸は、髪を切り、男の子に戻った。身体の成長をもう怖れなくてよくなったが、これ以上成長したくないという気持ちは、強く残った。

逮捕された明美は本気で陸を娘だと思い込んでいると弁護士から聞いた。毎日泣いているらしい。陸は、自分が逃げこんだばかりに明美を深く悲しませることになってしまい、申し訳ない気持ちでいっぱいになった。

子どものいない女に娘として育てられた少年という特殊な事実により、陸は世間の大いなる好奇の目を浴びた。陸が戻ってきてから両親は離婚し、父が家を出ていった。両親は、もともと仲が良くなかったうえに、陸の失踪中も捜索に対する方針の違いで激しく揉めたそうだ。

「あんたのせいとは言いたくないけど、でも……」「こんなことで有名になんてなりたくなかった……」

二人の姉は、陸への不満をそれぞれ何度もぶつけた。陸は何も答えなかった。姉たちの話を聞くふりをしていただけで、内容は耳を素通りした。それよりも陸は、生まれたときから女の身体である姉二人が、ただただ羨ましかった。

陸はある日、こっそりと家を抜け出して明美と住んでいた街へ行った。帽子を深くかぶり、眼鏡をかけ、大きめのマスクをして、絶対に顔がわからないようにした。

陸には、母親からスマートフォンが買い与えられていた。ＧＰＳがついているからだ。明美の家の住所は、検索したらすぐに判明した。皮肉なものだと陸は思った。

住所を地図アプリに入れてたどり着いた場所に、あの家はなかった。家は取り壊され、更地になっていたのだ。

「ない……」

全身の力が抜けて、陸はその場にしゃがみこんだ。

（なんで、何もかもないの……なんで、なくなっちゃうの）

虚しすぎて、涙も出なかった。

（ただ、幸せに暮らしていただけだったのに……。何が悪いっていうんだよう！）

陸は心の中で叫び、入るなと言わんばかりに張られた黄色と黒の縞模様のロープをまたいで更地の中に入った。土はやわらかかった。よく見ると、細い管が立っていて、蛇口があった。地面には草がひょろひょろと生えていた。庭のくつ脱ぎ石がそのまま置かれていた。

ちょっとは名残りがあるんだな、と陸は思った。蛇口をひねってみたが、水は出なかった。しばらくうろうろと歩きまわったあと、小石を一つ、拾った。しばらくそれを眺めたあと、また一つ、拾った。二つの石を両手で空にかざしたとき、そうだ、と陸はあることを思いついた。

更地に落ちている小石を拾い集めると、土の上に小石を並べて文字にした。

(アケミちゃん、見つけてくれるかなあ)

陸は立ち上がって、石で綴った文字を声に出して読んだ。

「マッテル」

最後に聞いた明美の言葉への返事を、ここで伝えようとしたのだ。

(いつかまた一緒に暮らそうね、アケミちゃん)

陸は、目を閉じて祈った。

話して下さい

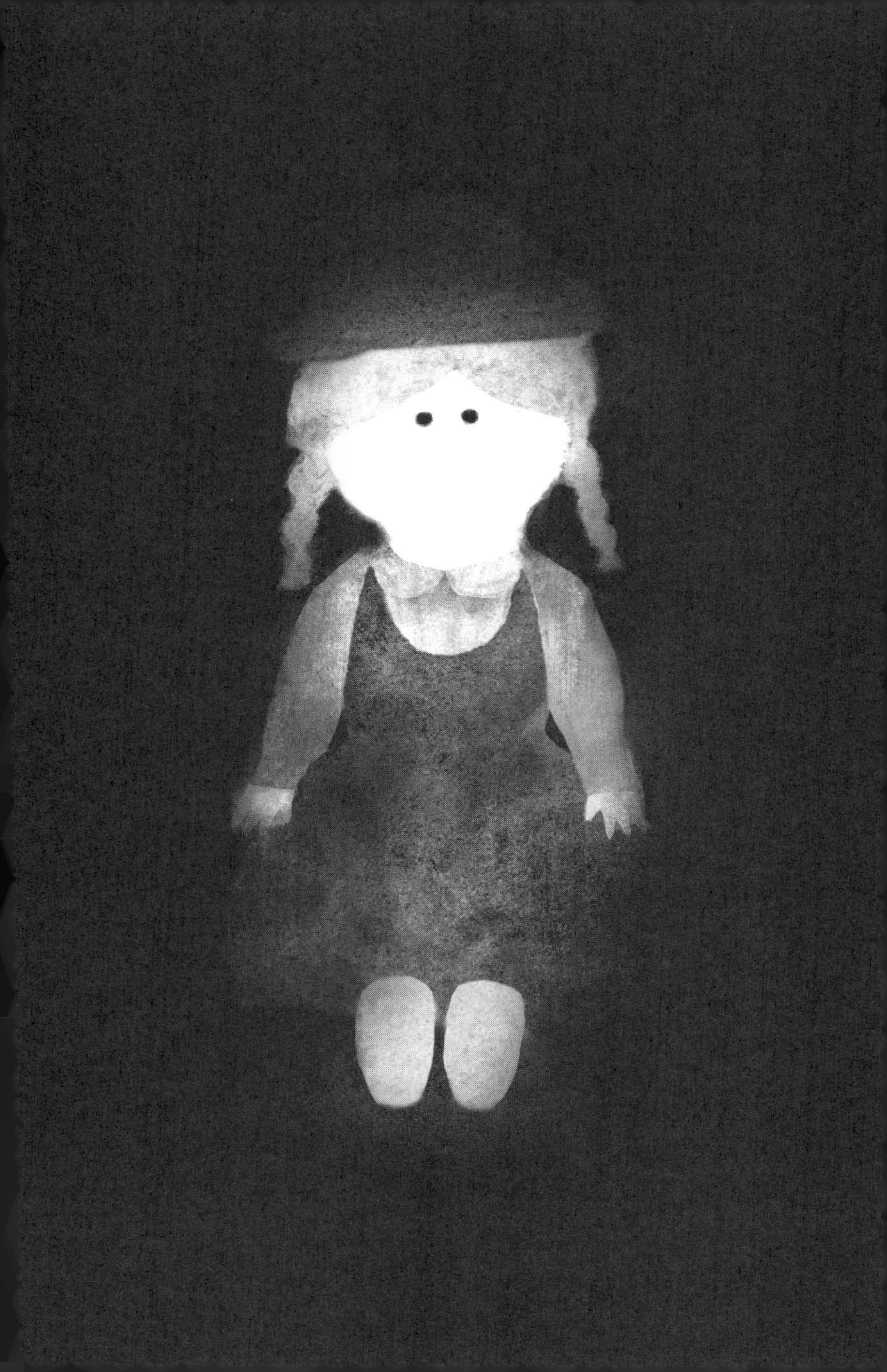

「あらそう、そうなの。ぶるぶるふるえてたのねえ。やっぱり、そちらは寒かったのねえ。え、そうでもなかったって？　あらあ、あの人、案外寒がりだから。うふふふふ。でも、そういうところが、かわいいのよねえ。え、こちらですか、こちらは、相変わらずですよ。平々凡々、世はなべてこともなし、ですよ。え？　今日何を食べたか、ですって？　ええっとねえ……朝はいつも通り、食パンでしょう。それと、目玉焼き。水を入れて蓋をして蒸し焼きに、なんてしないわよ。目玉のところが白く濁っちゃうの、あれ、嫌いなの。なんだか、不吉じゃないですか。私はね、フライパンにぽとりと落とした卵を弱火でじっくり焼いて、目玉のところをきれいな黄色いまま食べるのが好きなの。目玉焼きのこと、サニーサイドアップ、って言うけど、ぴったりの明るい色に仕上げたいのよ。それに、じっくり焼くとねえ、白身の縁のところがじりじり焦げて、それがおいしいのよ……」

増子（ますこ）がこのようにとりとめのない話をし続けている相手は、栗色の髪を左右三つ編みにした少女の人形である。

四十五年前、結婚後初めての海外出張をすることになった祥治に、お土産は何がいいか、増子は訊かれた。当時は海外旅行が今ほど一般的ではなく、海外で買ってきてほしいものなど、増子はまるで思いつかなかった。でも滅多にないことだし、夫の方からわざわざそう言ってくれているのだから、何か一つくらいお願いしてあげなくてはと思い、さんざん考えたあげく、こう言った。

「それでは、お人形を一つ買ってきて下さい。もしもどこかでいいお人形が見つかったら、そのお人形と目が合ったら、ぜひ連れて帰ってきてちょうだい。でも、一生懸命探したりなんてしなくていいですからね。ほんとに、無理に見つけたりしなくてもいいの。だけど、もしも、素敵なかわいいお人形が見つかったら、連れて帰ってきてほしいの。布でも革でも木彫りでも陶器でも。どんなものでも、あなたがかわいいなあと思った子がいたら、お願いね」

増子はゆっくりと言葉を探しながら祥治を見つめた。最初は遠慮がちに言っていたのだが、話をしているうちに気分が高まり、どんどん早口になっていった。自分をまっすぐに見つめる祥治の表情がやさしかった。

「わかった。お人形だね」

二週間のヨーロッパ出張を終えた祥治が約束通り買ってきたのが、この栗色の髪のお下げの人形なのである。デンマークで購入したと祥治は言った。新生児くらいの大きさの人形が荷物の中から取り出されると、「まあ、こんな立派なものを……」と増子は目を輝かせた。祥治は両手で抱えて丁寧に人形を増子に手渡した。

「本当にありがとうございます」

増子はうやうやしく両手で受け取ったあと、そっと抱きしめた。

商社に勤めていた祥治は、その後も国内外を問わず、出張で家を空けることが多かった。仕事の旅ごとに、増子に必ず人形を買って帰った。何十年もそうした生活を続けているうちに、土産の人形類は、膨大な数になっていった。陶器、木彫り、ガラス、布など、素材は様々で、人間の形のものだけでなく、動物だったり、妖精だったり、妖怪だったりすることもあった。こんなにもらっては申し訳ないという気持ちが増子に生まれたが、その土地にちなんだ人形を必ず買って帰るというミッションは、祥治にとっても仕事の旅での何よりの楽しみになっているようだった。そしてまた旅から帰ってくる夫を待つ妻にとっても最大の楽しみだった。出張から帰宅して、荷物を解きながら最初に取り出されるそれを、増子はいつもわくわくして待った。

そうした人形たちは、特注のガラスの戸棚に丁重に仕舞われ、客間で華々しく飾られた。これはあの国の蚤の市で見つけたもの、これは○○県の路地裏の小さな店で買ってきたものだね、などと人形を話の種にして、祥治から旅の記憶を新しく聞くこともまた、増子にとってかけがえのない時間だった。中でもお土産第一号のお下げ人形は、特別な存在だった。

増子は、祥治と人形と自分とが一緒にいる空間を心より愛していた。祥治が不在の時も、たくさんの人形たちに囲まれて、増子は少しも淋しくはなかった。祥治の旅の記憶を温存した人形たちは、増子にとってたいへん賑やかな存在だったのだ。

二人の間に子どもはおらず、二人だけで長い間暮らしていた。祥治の収入だけで充分暮らせたこともあり、増子は仕事を持たず、専業主婦として心を込めて家を整え、祥治が旅先から帰ってくるのをたくさんの人形たちと待ち続ける日々を送った。

しかし七年前、祥治は国内の出張先で心臓発作を起こし、突然この世を去った。

亡くなった場所で遺体を引き取り、葬儀も済ませたが、増子は七年経った今も自分の夫の死が本当のことだとは信じられずにいた。長い長い出張から未だに戻ってきていない……。そう思われてならなかった。

ある日、ガラス戸棚からお土産第一号であるお下げの人形を取り出し、やわらかく抱きしめ、「ねえ、オーちゃん」と話しかけた。〝オーちゃん〟は、お下げの髪の人形だからと、思いつきで増子がつけた名前である。

「オーちゃん教えて、あのときの祥治さんのこと」

人形のオーちゃんと増子との長い対話は、このときから始まったのだ。

オーちゃんは、ぷっくりとした頰に小さなえくぼを浮かべ、いつもふんわりと微笑んでいる。赤い帽子もエプロンドレスもだいぶ色がくすみ、古びてきていたが、ほどけた縫い目はその都度繕（つくろ）われ、セルロイドの顔もやわらかな布で汚れを丁寧に拭かれ、しっかりと手入れされた甲斐あって、表情も、クラシカルな衣装も、歳月を前向きに吸収し続けたかのように魅力的だった。

増子は、毎日オーちゃんに話しかけた。オーちゃんは自分の声かけに笑顔で応えてくれている。オーちゃんとは一心同体なのだと増子は思った。

そのうち、買い物で外に出るときもオーちゃんを連れ出すようになった。散歩用に購入したベビーカーにオーちゃんを乗せ、目の前に広がる景色について明るく話しかけながら街を歩いた。遠目からは孫の面倒をみる幸福な老人に見える。しかしベビーカーのベビーが人形だということに気づいた人は、ひゃっとか、きゃっとか小さな声をあげ、その場から離れた。

増子は、ベビーカーに人形を乗せて歩くということが不気味に感じられてしまうだろうと、じゅうじゅう承知していた。しかしどうしてもそうせずにはいられなかったのだ。祥治の肉体がこの世から消えた今、オーちゃんはこの世に浮遊しているはずの祥治の魂を自分に繋いでくれる唯一の存在なのだと、信じたからである。

小春日和の午後、増子は公園のベンチに座って、ベビーカーの中のオーちゃんに語りかける。

「今日はあたたかくてよかったわねえ。ねえ、見える？　空もこんなに澄んでる。雲が光に透けていて、きれいねえ。毎日ちょっとずつ違うのよねえ。感心しちゃう。あら、そう、祥治さん、むこうでも毎日空を見てたの。え、今も？　今も見てるんですって？　私が空を見上げるのが好きだから、その癖がうつっちゃったって？　まあ、いやだ、癖だなんて。うふふふふ」

ひとしきり笑ったあとで、増子はふと視線を感じて振り向いた。いつの間にか、隣に五十代くらいの女性がちょこんと座っていて、こちらを見ていた。

「楽しそうですね」

微笑みを浮かべ、控えめな声で言った。

「あら、いやだ、いつからそこにいらしたんですか？　すみません、私、うるさかったですよね」

「いえいえ、とんでもないです。赤ちゃんとの会話が、とっても楽しそうだったから、つい近くで聞きたくなっちゃって、思わずお隣に座っちゃいました。あ、すみません、これじゃあ、盗み聞きになっちゃいますよね」

「まあ……」

増子は、自分たちの会話に興味を持ってもらえたのは純粋にうれしかった。しかし、盗み聞きという言葉の重さに、あいまいな笑みを浮かべたままうまく返答できずにいた。女性はそんな増子の戸惑いに気づかなかったのか、明るい声で続けた。

「でも、ほんと、すばらしいと思います。赤ちゃんとこんなに楽しく会話できる方って、なかなかいないです、素敵です……」

「あのね」増子は女性の目をじっと見つめた。「この子はね、赤ちゃんじゃないのよ。……この子は、オーちゃんなの」

増子は、ベビーカーからオーちゃんをそろそろと抱き上げた。さあ「ベビーカーから人形を取り出すおばあさん」登場だ。これでこの人も去っていくのだろうなあと思いながら、オーちゃんの顔を女性によく見えるように抱き上げた。

しかし女性は驚きもせず、落ち着いて増子の話の続きを待った。女性は、ベビーカーに寝かされていたのが人形であることに、とっくに気づいていたようだ。

増子は、女性のそんな様子に拍子抜けする思いがしたが、続けた。

「オーちゃんはね、ほら、こんなに素敵なお下げ髪をしているでしょう。だから赤ちゃんではないと思うのよ。この子はね、はるばるデンマークからやってきたの。私の、旦那様に連れられてね。私の旦那様はね、いつも忙しくてね、しょっちゅうお仕事で旅をしていたのよ。もう、ね、ずっと……七年、七年も戻ってこないのよ」

増子は一瞬空を見上げてから、また視線を落とした。

「ねえ、オーちゃん。でも、オーちゃんには見えるのよねえ、旦那様のこと。何をしているか、何を見ているか、わかるのよねえ」

増子は、隣の女性にちらりと視線を送った。きっと怪訝な顔をしているに違いないと思ったのに、やわらかな笑顔を浮かべていた。慈悲深い笑顔……。もしやこの人、夫が天国にいるということを察したのだろうか、と増子は思った。

二人は会話の中で名前を伝えあった。女性は、由佳(ゆか)と名乗った。

*

増子の思った通り、由佳はその言葉尻から、「旦那様」はすでに亡くなったのだろうと察していた。実は、由佳が増子を見かけたのは今日が初めてではなかった。ベビーカーを押してやってきては長時間ぶつぶつと独り言を言い続けるおばあさんを何度も見かけて、気になっていたのだ。最初に見かけたときは、なんだか怖い人がいるなという、誰もが感じるであろう印象を抱いた由佳だったが、上品で清潔そうな身なりや、穏やかでやさしそうなその表情に、危険はなさそうだと確信できた。そうなると、なぜこの上品なおばあさんが人形に熱心に話しかけているのか、何を話しているのか興味が増していき、今日、ついに隣に座ってみたのだった。

「オーちゃん、とってもかわいいですね」

由佳は、満面の笑顔を浮かべてみせた。

「あの、あつかましいお願いなのですが、オーちゃんを、一度だっこさせてもらってもいいですか?」

思いもよらない申し出だったのだろう、増子は戸惑いの表情を浮かべた。由佳の顔をじっと見つめて、パチパチと二、三度まばたきをした。由佳がただにっこりと笑っていると、増子の表情もやわらいできた。

「え、ええ、いいですよ。ただしこの子、繊細なので、そうっとね」

「はい、もちろん」

言葉通り、増子はオーちゃんを由佳に慎重に手渡した。由佳の手の中でもオーちゃんの目はぱっちりと見開かれ、えくぼのあるぷっくりとした頰と小さく尖った唇はどこか懐かしく、愛らしかった。

「かわいい……」

由佳がオーちゃんを見つめるその表情から、決してお世辞を言っているわけではないと伝わったようだった。

「お人形、お好きなのかしら」

(え、今、お人形って言った?)

由佳はドキリとした。この人は、オーちゃんと呼ぶ人形のことを「人間」として扱っているのだと思っていたからである。ちゃんと人形という認識があるとわかり、感慨を覚えた。冷静なのだ、この人は。人形であることがわかっていて、いや人形だからこそ見えるもの、感じるものがあると思っているのだろう。そういう境地が、なんだか好ましく感じられた。

決して答えてはくれないということがわかっている対象に対しても、誠心誠意、心を込めて会話をし、思いやりを持って言葉を選ぶ。素敵なことだと思った。由佳の中で増子に対する淡い敬意のようなものが生まれ始めていた。

「私、お人形、好きです。かわいいなあって思いながら眺めていると、新しい気持ちが生まれてくる気がします。でも、その子と話すことまでは考えたことがなくて、あなたがよくオーちゃんと会話されているところを見かけて、羨ましかったんです」

「あら、もしかして以前から私たちの会話を聞いて下さっていたのですか？　まあ、恥ずかしい。でも、うれしいわ。もしよかったら、あなた、私のお人形たちと、お話をしてみませんか」

「お人形たち？　他にもお人形が……？」

「ええ、もちろん。オーちゃんには、たくさんのたくさんのお友達がいるんです。この星の、いろいろな場所から集まってきたたくさんのお友達が。ずっと昔、結婚したばかりのころ、お土産にお人形が欲しいって旦那様の祥治さんにお願いしたら、出張のたびに新しいお友達を連れ帰ってくれたのよ。オーちゃんはその最初の子なの。だからみんなでお話をしてて退屈はしないと思うんですけれど、いつも同じメンバーでは飽きてしまうでしょう。だからたまにはお客様を呼べたらいいなぁって、前から思ってたんですよ。でもね、この歳ですから、昔ながらのお友達は、一人、二人と、だんだん連絡がつきにくい場所に行ってしまうんですよね。淋しい限りです。とは言っても、一人ではないんです。祥治さんともオーちゃんたちを通じて、空の遠くからたくさんお話しできますしね。あら、いやだ、また私一人で喋り過ぎてしまって。どうですか、あなた、そんなお人形たちとお話ししてみませんか」

由佳は戸惑っていた。この人の言う「たくさんのお友達」には、とても会いたかった。しかしこうして公園という開かれた場所で会話をするのと、その人の家に上がり込んで話をするというのでは、次元が違う。「たくさんのお友達」のいる場所が、二度と出られない場所になってしまう可能性だってあるのだ。由佳はもやもやとしばらく考えたが、結局、好奇心の方が勝り、増子の家に行くことにした。

ベビーカーを押す増子の後ろをついて歩きながら、自分でもこんな行動ができるということが信じられなかった。

由佳は、二十代前半で結婚したが、一年余りで離婚した。その後は、ずっと独身を通してきた。夫の耐え難い暴言に心を踏みにじられた由佳は、それ以来あまり人に心を開くことができなくなっていた。その孤独癖は、歳月を重ねるほどに増していった。わずかな親しい友人も遠くに転居したり、病気で亡くなる人も出てきた。五十代ともなると、新しい友人もできづらく、職場を一歩出れば誰とも話をしないような日々が続いていた。だから、人形と話していたおばあさんが、由佳には他人事のようには思えなくなっていたのだ。この人は、自分の未来の姿かもしれない。胸の奥で、そう感じていたのだった。

「お人形たち」は、思っていた以上の数があり、由佳は圧倒された。ガラス戸棚の奥に鎮座している人形たちはいずれも個性的で美しかった。そのすべてが、増子の夫が様々な場所からこまめに買い求めてきたものなのだ。つまりそれは、この増子に対する長い時間を重ねた愛情が形になったものなのだと由佳は思った。増子はこんなにも一人の人に愛された。その愛が人形の体になり、贈り主が亡くなった今も、つぶらな瞳で世界を眺め続けている。そして毎日、増子と見つめ合い、会話を交わす。贈り主の魂も交えて。

自分の孤独と、増子の孤独は圧倒的に違う、と由佳は思う。美しい人形をうっとりと眺めながら、なんとも言えぬ切ない気持ちにもなった。これほどの愛の痕跡を眺めて生きていけたら、どんなに気持ちが満たされるだろう。実際、増子の佇まいには、確かな充足感を感じさせるものがあり、あたたかみがある。亡くなった夫を思い続けているこの人の心の片隅に、今さら私など、置いてもらうことなどできるのだろうか。

そうした様々な思いが由佳の心を駆け巡ったが、実際に口から出てきた言葉は「本当に素敵ですね」という一言だった。しかしその一言は、増子の表情をぱっと明るくさせた。

「こんなところにお連れして、まるで褒めてくださいとでも言っているようで恥ずかしいんですけど、でも、本当にうれしいです。長い時間をかけて祥治さんが贈ってくれた品々ですから、この子たちを褒めていただけるっていうことは、祥治さんを褒めていただけるということで、遠いところからなかなか戻ってこない祥治さんも、きっと心だけでもここに戻ってきたいな、なんて思ってくれると思います。ほんとにありがとうございます。とてもうれしいです」

「いえいえ、こんなに素敵なものを見せてもらえて、私の方がうれしいです。私はずっと一人で暮らしてきて、恋人もいなくて、友達もあんまりいなくて、ほとんど贈り物なんてもらったことはありません。自分で素敵なものを選ぶこともできなかったですし、私の部屋なんて、比べるのも恥ずかしいくらい殺風景で、生活に使うもの以外はほんとに何もないんですよ」

「あら、私は、シンプルな暮らしもちょっと羨ましい。私はここを離れられないなって、ふと思ったんですよね。一人一人のお人形たちは、お土産として受け取れてとてもうれしかったけれど、私をがっちりと縛ってしまうものでもあったのかもしれないわね」

増子はしんみりと言った。

たくさんの贈り物を受け取った人は、その重みに動けなくなるっていうこともあるのかと由佳ははっとした。自分にはなんの枷(かせ)もない。それは淋しいことだけれど、軽やかなことでもあるのかなあと思った。もしも自分がこの人形の部屋でずっと暮らしていたらどんなことを思うんだろうかと考え、しかし全く想像ができなかった。

自分には、自分の生きてきた過去の時間が蓄積していて、もう取り換えなんてきかないのだ。

殺風景な部屋のように何もないようで、でも、私には私の時間が確かにあった。そのことが、急にいとおしいもののように由佳は思えてきたのだった。

「私の話を、少ししてもいいですか」

由佳は増子に訊いた。

「もちろんですよ。由佳さんのお話を、ぜひ聞きたいわ。あなたが、どんなところで育って、何が好きか、何が綺麗だって思うのか、ぜひお話ししてくださいな。あ、そうそう、お紅茶を淹れますね。えーっと、お紅茶のセット、どこに置いたかしら。お客様なんてずっとお迎えしていなかったから、探すのがたいへん」

そわそわと立ち上がった増子に、どうぞお気遣いなく、と由佳は声をかけた。

「あの、このお人形たちっていろいろな人に見せていたわけでもないのですか?」

「ええ、そうよ。祥治さんが遠くに行ってからは、お客様がこの家に来られたのは、たぶん由佳さんが初めてだわね」

「私が初めて? どうしてですか? こんなに素敵なのに」

「だって……、私、お話をしてしまうから。せずにはいられなくなるのだもの、この子たちと」

増子はやわらかな笑顔を浮かべた。

「でも、由佳さんなら、みんなと一緒にお話ししてもらえそうだって、さっき思っちゃったのよね。どうしてかしら」

「あ、あの、実は私も、増子さんとお話ししたいなって、ずっと思っていたんです。……どうしてかしら」

増子の話し方を、由佳は真似した。

「あら、そう、そうなのね……奇遇だわね」

増子の目が、ますます輝いた。同時に、その部屋に鎮座している無数の人形たちの目も輝きを増したようだった。話をしたい。話を聞きたい。そんな気持ちが、胸の奥から入道雲のように力強く湧き上がってくるのを由佳は感じていた。

きれい

静かだな。静まりかえっている、と充は思った。昼間も閑散としているが、夜ともなれば、何もかも死に絶えたように静かだ、と。

昭和四十年代半ばに大規模開発されたニュータウンに点在する公園の一つに、充は立っている。山林を切り拓いて建てられた巨大な団地群に、当初は若い子育て世代がこぞって入居したが、それから五十年ほどの月日が流れた今、成長した子どもたちのほとんどは街を出ていき、高齢者となった親世代と、同じように古びた建物が残った。いずれの団地も、最寄りの駅からは徒歩で十分以上かかる。都市計画として駅前の商業地域と住居地域はきっぱりと隔てられているためである。

例外として、クリーニング店や理容室や蕎麦屋など、個人商店が一階部分に入っている商店街代わりの場所はある。しかし、年月を経るに従って閉店する店が現れ、現在ではシャッターが下りたままの店も多い。存続している店も、何十年もそこにあるのではないかと思われるような商品が置かれている。

行けども行けども続く、同じような直方体の建物の脇を充は一人で歩き続けた。建物そのものが息を止め、気配を消し、内部の時間を止めたまま静かに眠り続けているようだった。そんなひんやりした静けさに、充はなんともいえない安堵を感じていた。

充は、大学進学のために上京することになったとき、親戚の一人からこの団地の一室を使ってほしいと持ちかけられたのだった。その人の親が長く使っていた分譲団地の一室で、親が高齢者施設に入ったために空き家になっているというのだ。冷蔵庫や洗濯機など、生活に役立ちそうな電化製品や家具は残して、ときどき風通しするなどして維持してきたのでそのまま使ってもらえたら助かる、とのこと。さらに、光熱費と管理費さえ払ってくれれば家賃はいらないというありがたい申し出もあり、受けることにしたのだった。

都心にある大学へは、徒歩も含めると一時間ほどかかるので少し不便ではあるが、新型コロナウイルスの感染拡大に配慮してリモートで受けられる授業も多く、問題は感じなかった。大学の近くに部屋を借りたら誰かに会いそうで常に落ち着かない気がして、むしろこのくらいの距離があった方が都合がよいと充は思った。

２ＤＫの居住空間は、学生が一人で住むには贅沢すぎるほどの広さである。難点といえば、古い団地ゆえに、オートロックや宅配ボックスはなく、エレベーターもないこと。排水の流れもちょっと悪い。ドアの開閉もスムーズではない。しかし、各棟は十分な間隔が取られていて、風が通り、陽がよく当たる。ベランダも広く、椅子を置いてコーヒーを飲めるくらいのスペースがある。充は満足だった。

どこまで行っても知り合いのいない古びたニュータウンを、充は一人で気楽に散歩した。団地はどれも小高い丘の上にあり、ニュータウン内は歩行者専用の遊歩道を使って移動できる。つまり、どんなに油断して歩いていても車にはねられる心配がなく、信号待ちでいらいらすることもなく、排ガスも気にならない。リモート授業をこなし、たまに大学に顔を出す以外は、ストレスフリーの街を淡々と散歩しながら日々を過ごした。遊歩道のまわりは誰が手入れをしているのか、植栽も美しく整えられていて、季節ごとの花が目に楽しい。

ただ、若者が昼間にふらふらしているのが珍しいのか、すれ違う住人にしばしば二度見されることにはいつまでも慣れなかった。働きもせず、昼間から徘徊している不審な男に見られてしまうのは仕方がないのだろうが、視線による無言の圧力は、決して気持ちのよいものではなかった。

いつしか充の散歩は、夜の深い時間へと移行していったのだった。


大きな公園の空は、とても広い。星も見える。夜の九時ぐらいまでは、ランニングをしながら通り過ぎる人や塾帰りの高校生が雑談している場面に出くわすこともあるが、午後十時を過ぎると、すっかり人気(ひとけ)はなくなる。街灯の周りだけがぽっかりと明るい公園のベンチに充は一人で座り、淡い星の光をぼんやりと眺めている。

今日も、誰とも話をしなかったな、と充は思う。オンライン授業は二コマ受けたが、マイクをミュートにし、カメラもオフにして講師や他の学生が話すのを漫然と聞いていただけだった。コンビニで弁当を買ったときに「お箸はおつけしますか？」と訊かれて、「いえ」と一言答えたのが唯一の発声だったかもしれない。このままでは声が出なくなってしまうのではないかな、とふと思った充は、あ、あ、あ、と声を出してみた。

声は出た。ついでにかすかに白い息も出た。おお、と思って、充はわざとほ、ほ、ほ、と息を強く吐いて、白く変わるのを確かめた。

こんなに寒い夜に、自分は一体何をしてるんだろう、バカじゃないのか、と充は思い、自分で自分に対して、ふっと笑ってしまった。なんて一人なんだろう。一人すぎて気楽すぎて、笑える。

もしかしてこのままずっとずっと一人で生きていくということも有りうるかもしれないな、と充は考える。インターネットさえ繋がれば、直接人と会わずに仕事をすることは可能だろう。世の中はそういう方向にぐんぐん進んでいるのだ。実際、同じ授業を受けている同級生の顔をほとんど知らないままだ。かつて想像していたキャンパスライフ感ゼロ。青春っぽさゼロ。誰とも親しくならない代わりに、喧嘩もしない。おそろしく平穏だ。十九歳にして、すでに老後の世界を浮遊しているようだ。

これでいいのか？　いいわけないいか？　いや、これでいいような気もする。

身体が冷えると心も冷える、気がする。そろそろ帰ろうと思って立ち上がったとき、あの、と女性の声が背後から聞こえて、充は思わず、わっ、と声を出した。

振り返ると、着膨れた小柄な女性が一人、胸に何かを抱えて立っていた。

「驚かせてしまって、すみません」と言って軽く会釈をした。

「あの、この子を、ちょっとだけ預かってくれませんか？」

「この子？」

よく見ると、女性は赤ん坊を抱いていた。

「はい、この子です。やっと、さっき寝てくれたんです」

女性は充にそっと近づき、腕を少し動かしてその顔を充に見せた。たしかに瞼をぴたりと閉じ、静かに息を吸ったり吐いたりしているのがわかった。ただ、その目の周りには、涙のあとが白くこびりついていた。

「この子ね、いったん泣き出すと、ほんとに止まらなくて。それも、ぎゃん泣きっていうの？すっごく激しく泣くの。家の壁、薄いし、隣の人とかにもがんがん聞こえてるんだろうな、怒ってるんだろうな、虐待してるって思われてるかもしれないな、って思ったら、いたたまれなくなって、外に飛び出してきたのね、寒いけど。で、暗い道をずっと歩き続けて、泣きやんでよう、泣きやんでよう、いい加減泣きやんでようと思いながらあやして歩いてたら、やっとやっと、泣きやんだのね、ようやく眠ってくれて」

薄闇の中で、女性ははかなく笑った。その目にも涙のあとがついていた。

「そう、だったんですか。僕、さっきからずっとここにいましたけど、泣き声、気づかなかったです」

「だって、急に止まったら、また目を覚まして泣きだすかもしれないから、ずっと歩いてたんだもの」

「大変、ですね」

充は、おずおずと答えながら、深夜の寒空の下にいる女性の不安な様子が胸に沁みた。

「えっと、それで……？」

「あの……ちょっと言いにくいのですが、私、今、すごく……」

「すごく……？」

「トイレに行きたくて」

「え⁉」

「寒い中、ずっと歩いてきたからとても冷えちゃって。で、家に戻るまで、もたない気がするの。……そこに、あるでしょう」

女性は、公園の奥でほのかに光を放っている公衆トイレの方を見た。

「え、あ、ああ、はい……」

充は、トイレを使う間、赤ちゃんを抱っこしておいてほしいのだと察した。

「すぐ戻りますから」

「あ、はい、わかりました」

充がそう答えたとたん、女性の顔がふわりとほころんだ。

「ありがとうございます！　じゃあ、よろしくお願いします」

充は、貴重な美術品でもあるかのように、赤ん坊をそっと受け取った。思いの外、重かった。

女性は、赤ん坊を渡したとたん、公衆トイレに向かってダッシュした。その背中を見守りながら、充は一気に不安になった。

このままあの人が戻ってこなかったらどうしよう。警察に届けたら騒ぎになってしまうのだろうか。夜中の公園で、知らない人から声をかけられただけだと信じてもらえるだろうか。あの人、何かの罪に問われてしまうことになるんだろうか。すぐに警察に届けたりせず、しばらく預かってあげた方がいいのだろうか。だいたい自分に、一晩でも赤ん坊の世話なんてできるのだろうか。

充は、赤ん坊の体温と寝息を感じながら、とりとめもないことを考えつつ、その人がトイレから戻ってくるのをじっと待つしかなかった。

しばらくすると、女性はトイレから走って戻ってきた。精一杯急いだらしく、息を切らしていた。充にはものすごく長い時間に感じられたが、実際にはたいした時間ではなかったのだろう。

　ありがとうございます、ありがとうございます、と、女性は引き絞るような高い声で何度も言いながら、手をのばした。充はまた細心の注意を払って、赤ん坊を女性に手渡した。

「よかった。まだ寝てくれてる……。ほんとに助かりました。ありがとうございます。あの、私、南が丘団地に住んでて」

「あ、僕も同じです。南が丘団地です」

　ニュータウン内の団地はいくつかのブロックに分かれていて、それぞれ名前が付けられている。

「えっ、そうなんですね。わあ、なんかうれしい。私、このあいだ越してきたばかりで、あまり知り合いもいないから」

「僕も、去年来たばかりです」

「家族で？」

「いいえ、一人です。大学進学で」

「学生さんかあ。学生の下宿で、団地？」

「ああ、えっと、親戚が持ってる部屋が空いてたんで、光熱費とかだけで貸してくれて」

「そうなんだ、ラッキーだね。私は、シングルマザーになっちゃって。この辺、家賃が安いし。そうだ、さっきのお礼に、あったかいの、あそこで買ってくるね。何がいい？」

女性は、公園の隅に設置されている自動販売機を指さした。

「いや、そんなのいいです」

「いいの、いいの、私の人生の中で、誰かに飲み物をごちそうするなんてこと、滅多にないんだから。きっと一生で十回くらいしかないんじゃない？　これは貴重なその一回になるんだから、素直におごられて」

「はあ、じゃあ……」

二人は、光に吸い寄せられる夜の虫のように、そこだけ明るい光を放つ自動販売機に向かってゆっくりと歩いていった。充がリクエストしたあたたかいブラックの缶コーヒーのボタンを女性が押すと、ごとりとそれが落ちてきた。充は、じゃあ遠慮なく、と言いながら缶コーヒーをかがんで取り出した。

「おお、あったかい。ありがたいっス」

「どういたしまして。わたくし、鈴木沙絵実（すずきさえみ）と申します。さえみは、さんずいに少ない、そして絵が実ると書いて沙絵実ね」

「鈴木沙絵実さん、ですか」

「よろしくです。この子は、真希（まき）ちゃん。真実の真に、希望の希」

「真希ちゃん、かわいい名前ですね。えっと、僕は仲田（なかた）です。仲良しの仲に、田んぼ。名前は、充実の〝充〟一文字で、みつる、です」

「仲田充くん、ね。明日まで覚えていられたらいいんだけど」

「えっと、鈴木さんは、飲み物は？」

「私はいいの。またトイレ行きたくなっちゃったら困るし」

「はあ、じゃあ」

充はプルトップを引いてコーヒーを一口飲んだ。冷えた身体の真ん中を、あたたかいものがするすると下りていくのを如実に感じた。

「それにしても、見ず知らずの男によく赤ちゃんを預けようって、思いましたね。しかもこんな真夜中に」

「あはは。全くだね。でも、切羽詰まってたんだもん。どうしようもなかったのよ。だけど、仲田くんの方こそ」

「僕？」

「こんな夜中に、突然話しかけてきたあやしい女の赤ちゃんを、よく預かってくれたよね」

「だってあのとき、鈴木さん、ものすごく焦ってたみたいだったから」

「あははは、私、そんなに焦ってた？」

「はい、ものすごく思い詰めてる顔をしてました。よっぽどなんだろうって」

「やあねえ、あはははは、だって、もうほんと、限界だったんだから。でも考えてみれば誰にも見られない状況だったんだから、その辺でしちゃったって、別によかったのにね。あら、充もつられて力なく笑った。

「失礼。あはははは」

自分で言ったことに自分でうけて、沙絵実はけらけらと笑い続けた。

ようやく笑いの虫が落ち着いた様子の沙絵実は、目尻に滲んだ涙を指で拭いながら、「ああ、久し振りにたくさん笑ったわあ」と言って空を見上げた。

「ここ、案外星がきれいに見えるんだね」

「そうなんですよ。団地以外に高い建物はないし、電線もないから」

「そうねえ。夜空もきれいだけど、こうして見ると、団地もきれいね」

沙絵実が目を細めた。団地の四角い窓は、ほとんどが暗く沈んでいるが、ところどころ微妙に色の違う光が灯っている。

「そうですね」

真夜中の団地の窓の光を見るのは、充も好きだった。

「まだ起きてる人、案外こんなにいるんだね」と沙絵実がしみじみと言うと、「寝オチしてるだけかも」と充はぼそりと言った。

「そっか。そうだとしても、とにかくそこには誰かがいる、と思うだけで、なんか、いい。光が、あたたかい感じがする。団地ってさあ、人間の巣なんだね」

「巣って、ちょっとひどい言い方だけど、確かに。ところどころ光る蜂の巣って感じですね」

「こうして見てると、ＳＦ映画の中にいるみたいだね、今、私たち」

充は、あいまいに「うん……」と答えつつ、鈴木さんという人はものすごくロマンチストなのかなと思った。真夜中の公園をうろついている得体の知れない男に突然預けられたりしながら育つこの子は大丈夫なんだろうか、と思いながら、真希の寝顔を眺めた。

小さい。目も鼻も唇も、何もかも。でもちゃんと、人間のそれだ。なんて小さな鼻の穴。ときどきむぐむぐと唇が動く。

「すげー」充はふいに声が出た。

「え？」

「あ、なんか、人生が今始まったばかりって、すげえなあって」

「真希ちゃんが？」

「そう。だって、これからいろんなこと一から覚えて、ものすごくいろいろ経験するんだろうなあって思ったら。まだなんにも知らないっていうのも、すげえなあって」

沙絵実は、真希の寝顔と充の表情を見比べ、「そっか、そうだね」とつぶやいた。

「でもさ、仲田くんだって、人生はじまったばかりじゃない」

「え、そうなのかなあ」

「そうよ。そうなの。大学生なんて、人生のほんのはじまりだよ。いいよねえ、学生時代って」

「全然学校行けてないし、学生時代感、ないですけどね。鈴木さんだってこれからなんじゃないですか」

「私が何歳かも知らないで……。でも、まあ、人生はじまったばかりの人と新しい生活をはじめたばかりだから、がんばんないとねえ」

「そうですよ」

「うん。ありがと。寒いし、そろそろ巣に帰りましょうかね」

「あ、はい」

充は、飲み干した缶を、空き缶入れに投げ入れた。缶のぶつかる音が冷たい空気の中で、カランと響いた。


二人はそろって公園を出て、薄暗い遊歩道を並んで歩いた。

「ほんと、今日はありがとね」

「いやもう、お礼はいいですよ」

「今のは、こうやってゆっくり話ができたお礼。真希ちゃん、一度泣き出すともう恐ろしく泣きやまないの。ほんっとに絶望的な気分になる。だから、今夜も最悪だ最悪だって思って、泣きながら歩いてたんだよ。だけど、思いがけず君と話せて、今、すごく心が楽。ご近所さんもできた。だから、最高になった」

「僕も、なんか楽しかったです。最初はびっくりして、どうしようって思ったけど、ずっと人と話せてなかったから、こうして話せてよかったです」

「話さなきゃダメよ。人間なんだから」

「相田みつをですか」

「何言ってるの。こんな郊外の団地じゃ、なかなかできないかもしんないけど、話さなきゃ。私もだけどね」

そう言って顔を上げた沙絵実と、充は目が合った。

「でも、急に話しかけるとか、難しいですよね」

「だよねえ……。ねえ、ちょっと、変なこと訊いていい？」

「いいですよ、変の内容にもよりますけど」

「あのね、このところずっと考えてることなんだけどね」

「はい」

「人類が滅びる日って、すごく近いと思う？　それとも、すごく遠いと思う？」

「え、どういう意味ですか？」

「だから、人類って、絶対いつか滅びると思うのね。こんなのが永遠に続くわけないじゃない。でも、それがいつかは、わかんない。案外私たちが生きているうちに起こってしまうのか、あと一万年も続いていくのか。わかってることといったら、私も仲田くんも、百年後には確実にこの世にいないってことだけ。生きている人間が死ぬってことだけは確実だけど、人類全体の存続については、どうなんだろね」

「そう、ですね……。すごく近い気もするし、すごく遠い気もします」

「それ、なんの答えにもなってないよ」

「難しいですよ。じゃあ鈴木さん自身は、どう思ってるんですか」

「難しいよねえ。遠いといいかな、と漠然と思ってるだけ。真希ちゃんのことを考えるとね」

「なるほど……」

充は相槌を打ちながら、冷たい夜空に浮かぶ団地の窓の光を眺めた。人類が滅びたら、これも遺跡になるのだな、と思う。それで、部屋の中にも植物が蔓延(はびこ)って、壁も天井も植物だらけになって、そしたらそれはそれで、すごくきれいだろうな、と。


南が丘団地に到着し、沙絵実と小声で挨拶を交わして別れ、充は真っ暗な部屋に戻って電気を点けた。鈴木さん、B棟の三階だって言ってたなと思いながら窓の外を眺めた。少し前までここに住んでいた親戚の人も、何十年もこれを見ていたのかと充は想像する。そして、誰かがどこかでこの部屋の窓のことを、こんなふうにぼんやり眺めているのだろうな、とも思うのだった。

引用文献

『銀河鉄道の夜』宮沢賢治（双葉社ジュニア文庫）

本書は「小説推理」二〇二二年五月号〜二〇二三年四月号に連載された作品に加筆、訂正したものです。

東直子◆ひがし なおこ

1963年広島県生まれ。歌人・作家。96年「草かんむりの訪問者」で第7回歌壇賞受賞。16年、小説『いとの森の家』で第31回坪田譲治文学賞受賞。主な小説に『とりつくしま』『階段にパレット』、エッセイに『一緒に生きる』『レモン石鹸泡立てる』。最新刊は『現代短歌版百人一首　花々は色あせるのね』。

ひとっこひとり

2023年7月29日　第1刷発行

著　者——東 直子

発行者——箕浦克史

発行所——株式会社双葉社

東京都新宿区東五軒町3-28　郵便番号162-8540
電話03(5261)4818〔営業部〕
　　03(5261)4831〔編集部〕
http://www.futabasha.co.jp/
(双葉社の書籍・コミック・ムックが買えます)

DTP製版—株式会社ビーワークス

印刷所——大日本印刷株式会社

製本所——株式会社若林製本工場

カバー印刷——株式会社大熊整美堂

落丁・乱丁の場合は送料双葉社負担でお取り替えいたします。
「製作部」あてにお送りください。
ただし、古書店で購入したものについてはお取り替えできません。
[電話] 03-5261-4822 (製作部)

定価はカバーに表示してあります。

ISBN978-4-575-24652-0 C0093